I0710066

BÜCHER VON TINA FOLSOM

Samsons Sterbliche Geliebte (Scanguards Vampire – Buch 1)

Amaurys Hitzköpfige Rebellin (Scanguards Vampire – Buch 2)

Gabriels Gefährtin (Scanguards Vampire – Buch 3)

Yvettes Verzauberung (Scanguards Vampire – Buch 4)

Zanes Erlösung (Scanguards Vampire – Buch 5)

Quinns Unendliche Liebe (Scanguards Vampire – Buch 6)

Olivers Versuchung (Scanguards Vampire – Buch 7)

Thomas' Entscheidung (Scanguards Vampire – Buch 8)

Ewiger Biss (Scanguards Vampire – Buch 8 1/2)

Cains Geheimnis (Scanguards Vampire – Buch 9)

Luthers Rückkehr (Scanguards Vampire – Buch 10)

Brennender Wunsch (Eine Scanguards Hochzeit)

Blakes Versprechen (Scanguards Vampire – Buch 11)

Schicksalhafter Bund (Scanguards Vampire – Buch 11 1/2)

Johns Sehnsucht (Scanguards Vampire – Buch 12)

Ryders Rhapsodie (Scanguards Vampire – Buch 13)

Damians Eroberung (Scanguards Vampire – Buch 14)

Graysons Herausforderung (Scanguards Vampire – Buch 15)

Isabelles verbotene Liebe (Scanguards Vampire - Buch 16)

Coopers Leidenschaft (Scanguards Vampire - Buch 17)

Geliebter Unsichtbarer (Hüter der Nacht – Buch 1)

Entfesselter Bodyguard (Hüter der Nacht – Buch 2)

Vertrauter Hexer (Hüter der Nacht – Buch 3)

Verbotener Beschützer (Hüter der Nacht – Buch 4)

Verlockender Unsterblicher (Hüter der Nacht – Buch 5)

Übersinnlicher Retter (Hüter der Nacht – Buch 6)

Unwiderstehlicher Dämon (Hüter der Nacht – Buch 7)

Ace – Auf der Flucht (Codename Stargate – Band 1)

Fox – Unter Feinden (Codename Stargate – Band 2)

Yankee – Untergetaucht (Codename Stargate – Band 3)

Tiger – Auf der Lauer (Codename Stargate – Band 4)

Hawk - Auf der Jagd (Codename Stargate - Band 5)

Ein Grieche für alle Fälle (Jenseits des Olymps – Buch 1)

Ein Grieche zum Heiraten (Jenseits des Olymps – Buch 2)

Ein Grieche im 7. Himmel (Jenseits des Olymps – Buch 3

Ein Grieche für immer (Jenseits des Olymps - Buch 4)

Der Clan der Vampire (Venedig 1 – 5)

Begleiterin für eine Nacht (Der Club der Ewigen Junggesellen – Buch 1)

Begleiterin für tausend Nächte (Der Club der Ewigen Junggesellen – Buch 2)

Begleiterin für alle Zeit (Der Club der Ewigen Junggesellen – Buch 3)

Eine unvergessliche Nacht (Der Club der Ewigen Junggesellen – Buch 4)

Eine langsame Verführung (Der Club der Ewigen Junggesellen – Buch 5)

Eine hemmungslose Berührung (Der Club der Ewigen Junggesellen –
Buch 6)

HAWK - AUF DER JAGD

CODENAME STARGATE - BAND 5

TINA FOLSOM

*Ein herzliches Dankeschön an meine deutschsprachigen
Leser*innen und viel Vergnügen beim Lesen!*

Tina Folsom

1

———

Mit dem Rücken zu dem dreistöckigen Gebäude setzte sich Dylan Steele an einen der Tische im Freien des Cafés. Es war nicht viel los. Von hier aus konnte er alle sehen, die das Café, das bis zum frühen Abend geöffnet war, betraten oder verließen. Es wurde bereits dunkel und die Luft fühlte sich schwül an wie in den meisten Sommermonaten in Washington D.C. Obwohl es noch Mitte Juni war und die Temperaturen noch nicht ganz auf die im August übliche unerträgliche Hitze gestiegen waren, spürte Dylan, wie Schweißbäche über seinen Rücken liefen und sein Freizeithemd an seiner Haut klebte. Er war diese Schwüle nicht mehr gewohnt. Die letzten vier Jahre hatte er im kühleren Klima des pazifischen Nordwestens und entlang der kanadischen Grenze verbracht, wo er sich vor seinen Feinden versteckt hatte. Allerdings hatten die Umstände es erfordert, dass er nach Washington D.C. zurückkehrte, zurück an den Ort, an dem alles begonnen hatte und wo es enden musste. Ein für alle Mal.

Dylan nippte an seinem Eiskaffee, bevor er den Plastikbecher wieder auf den runden Bistrotisch stellte. Ein Teelicht, das in einer Glasschale mit bunten Glaskieseln stand, warf abstrakte Schattenfiguren, die im Rhythmus der flackernden Flamme tanzten, auf den Tisch. Dylan tat nur so, als würde er auf die Kerze schauen, während er in Wirklichkeit seinen Blick schweifen ließ, ohne den Kopf zu bewegen, ohne zu verraten, dass er seine Umgebung wie ein Falke beobachtete. Abschätzend, analysierend, stets wachsam.

Vielleicht war sein wachsames Auge der Grund gewesen, warum er den Codenamen Hawk erhalten hatte. Und obwohl das CIA-Programm, zu dem er einmal gehört hatte, nicht mehr existierte, war er immer noch Hawk, und er musste immer noch wachsam wie ein Falke sein, wenn er überleben wollte. Das Stargate-Programm gab es nicht mehr, aber das bedeutete nicht, dass auch seine Feinde verschwunden waren. Sein Feind könnte an einem der anderen Bistrotische oder im Café oder vielleicht auf der anderen Straßenseite in einem geparkten Auto sitzen, ihn beobachten und auf die beste Gelegenheit zum Angriff warten.

Er hatte noch nie leicht einer Paranoia nachgegeben, aber er wusste, wann er auf der Hut sein musste. Vielleicht war es eine Falle gewesen, die ihn hierhergelockt hatte, aber er musste das Risiko eingehen. Er wusste auch, dass sein Überleben davon abhing, ob die Person, die ihn heute Abend hier treffen würde, Freund oder Feind war. Jemandem zu vertrauen fiel ihm nicht leicht, aber er musste sich noch einmal auf sein Bauchgefühl verlassen und hoffen, dass die Instinkte, die ihn in den letzten vier Jahren am Leben gehalten hatten, immer noch so scharf waren wie eh und je. Er hoffte darauf, dass ihn die Jahre außerhalb von D.C. nicht nachlässig gemacht hatten, denn ein Moment der Unachtsamkeit könnte seinen Tod bedeuten.

Aus dem Augenwinkel sah Dylan, wie ein Mann, eine Tasse Kaffee und ein Stück Gebäck in der Hand, das Café verließ. Drei Minuten zuvor hatte er es betreten. Ohne zu zögern kam der Fremde, schätzungsweise Mitte bis Ende dreißig, auf ihn zu, legte seine gekauften Sachen auf den Bistrotisch und setzte sich so selbstbewusst zu ihm, dass ein zufälliger Beobachter annehmen würde, dass sie sich jeden Tag am selben Tisch trafen.

„Hey", sagte der Mann mit den dunklen Haaren und dem Fünf-Uhr-Bartschatten. „Wie geht's?"

Dylan nickte knapp, während sein Nacken erkennend kribbelte. „Und dir?"

„Ebenfalls." Der Fremde nahm einen Schluck von seinem Kaffee und fügte hinzu: „Hast du den Film Zulu schon mal gesehen? Michael Caine spielte darin die Hauptrolle."

Da war sie: die Nachricht, die ihn als den Mann identifizierte, den er treffen sollte. Nicht, dass es nötig gewesen wäre. Das Kribbeln an seinem Nacken hatte den Fremden bereits identifiziert. Zum ersten Mal hatte er dieses Gefühl verspürt, als er Henry Sheppard, den Mann, der ihn für das streng geheime CIA-Programm rekrutiert hatte, persönlich getroffen hatte. Es war wie eine Offenbarung gewesen.

„Ich habe Zulu erst vor ein paar Tagen gesehen", antwortete Dylan, obwohl er nicht über den Film sprach, sondern über den Mann, dessen Codename Zulu war. Zulu war der Grund, warum Dylan nach Washington D.C. gereist war.

„Es ist schön, dich endlich kennenzulernen. Ich bin Ace."

Dylan nickte und rieb sich dann den Nacken, da er nicht an das Gefühl gewöhnt war, das immer dann aufkam, wenn er in der Nähe eines Präkognitiven wie Ace war. Es war eine Gabe der Natur, wie sich gleich und gleich erkannte. Auch er war ein Präkognitiver wie Ace und Zulu und die anderen Agenten des CIA-Programms, das vier Jahre zuvor kompromittiert worden war. Sie alle hatten die Flucht ergreifen müssen, um zu überleben.

„Zulu hat für dich gebürgt", sagte Dylan. „Er sagte, du willst die Truppe wieder zusammenbringen." Er hielt seine Stimme gesenkt, während er sich umsah und beobachtete, wie das Paar an dem Tisch, der ihrem am nächsten stand, aufstand und ging.

„Das stimmt. Er erzählte mir, dass du dich all diese Jahre im Westen versteckt hast."

„Komisch. Er hat mir nie viel über dich erzählt."

„Aus gutem Grunde", sagte Ace leise, bevor er in sein Gebäck biss.

Dylan hob den Kopf. „Was für ein Grund soll das sein?"

„Ich bin sozusagen der Anführer der Truppe. Wenn sie mich

erwischen, erwischen sie auch die anderen und alles, was wir wissen ... Wir können es nicht riskieren, enttarnt zu werden."

„Und was macht dich zum Anführer?"

Ace grinste. „Ich habe mich als Erster dafür gemeldet."

„Sehr witzig."

„Du musst dir die Fähigkeit bewahren, ab und an zu lachen. Die Dinge, mit denen wir es zu tun haben, sind ernst genug."

Ace hatte nicht unrecht. Womit sie es zu tun hatten, war ernüchternd. Sogar gefährlich. Und wahrscheinlich unmöglich zu verhindern. Eine alptraumhafte Vision von Tod und Zerstörung. Die Weltuntergangsvision hatte Zulu sie genannt. Es schien, dass alle Agenten des inzwischen aufgelösten Stargate-Programms diese Vision gemein hatten.

„Ich weiß, was du bist. Aber Zulu erwähnte, dass andere die Seite gewechselt hätten. Wie kann ich dir vertrauen und wie kannst du mir vertrauen?", fragte Dylan.

„Die Tatsache, dass du dich die letzten vier Jahre im Westen versteckt gehalten hast, sagt mir bereits alles, was ich wissen muss."

„Und was ist das?"

„Du bist immer noch auf unserer Seite. Du hast dich nicht dem Bösen zugewandt."

„Warum sollte ich das auch, nach allem, was Sheppard mir ermöglicht hat?" Dylan schüttelte den Kopf. Henry Sheppard, der Leiter des Programms und selbst ein Präkognitiver, hatte ihm etwas gegeben, dem er zugehörig war, einen Grund, sich nicht wie ein Freak zu fühlen. Zum ersten Mal in seinem Leben hatte er das Gefühl gehabt, dass ihn jemand verstand. Aber jetzt gab es diese Person nicht mehr.

„Ich freue mich, dass du so denkst." Ace beugte sich vor. „Jetzt ist die Frage: Willst du mitmachen?"

Dylan sah ihn lange an. „Beantworte mir zuerst eine Sache. Als Sheppard uns rekrutierte, warum hat er uns dann nicht alle zusammengebracht, damit wir uns kennenlernten?"

„Um uns zu beschützen." Ace fuhr sich mit der Hand durchs Haar. „Obwohl ich glaube, dass er sich geirrt hat. Gemeinsam sind wir stärker als getrennt."

„Wie viele außer Zulu und dir sind dabei?"

„Auf unserer Seite? Bisher drei weitere."

„Glaubst du, das reicht?"

„Nein. Aber mit jedem, der sich uns anschließt, werden wir stärker."

„Um zu stoppen, was kommt."

Ace nickte. „Du siehst es auch."

„Ja, öfter, als ich zugeben möchte."

Denn die Visionen, die er von einem katastrophalen Ereignis hatte, das er stoppen musste, wurden immer häufiger. Als käme das Ereignis immer näher. Vielleicht könnten sie durch die Zusammenarbeit mit Männern wie ihm, die Visionen zukünftiger Ereignisse hatten, Erfolg haben und verhindern, dass diese Vision Wirklichkeit wurde. Aber war es das Risiko wert, jemandem zu vertrauen, den er nicht kannte? Konnte er sein Leben in die Hände dieses Mannes legen?

„Es wird bald passieren", sagte Ace und sah ihn direkt an. „Wir haben nicht mehr viel Zeit. Bist du dabei oder nicht?"

„Ich weiß nicht, ob ich dir vertrauen kann. Du weißt mehr über mich als ich über dich. Gib mir was. Etwas, das mir beweist, dass du immer noch auf der Seite des Guten stehst. Dass du Gerechtigkeit für Sheppards Tod erlangen und die Person hinter all dem stoppen willst."

Aces Kiefer spannte sich sichtlich an. „Ich bin sein Sohn."

Dylan holte tief Luft. Damit hatte er nicht gerechnet. Als er sich im US-Bundesstaat Washington mit Zulu getroffen hatte, hatte dieser nichts erwähnt, außer dass eine Gruppe von ihnen versuchte herauszufinden, wer Henry Sheppard ermordet hatte, um den Bastard zur Strecke zu bringen.

„Ich hatte keine Ahnung, dass er einen Sohn hatte", sagte Dylan.

„Er adoptierte mich, als er herausfand, dass ich wie er war. Ich war ein kleiner Junge, eine Waise. Ich werde mich nie gegen das wenden, wofür mein Vater stand. Und ich werde nie aufhören, bis ich die Person gefunden habe, die für seinen Tod verantwortlich ist."

Die Überzeugung in Aces Stimme ließ Dylans Brust sich vor Mitgefühl verkrampfen. Auch er hatte Sheppard geliebt und wollte Gerechtigkeit für ihn. Vielleicht würde sein Mörder endlich, fast vier Jahre danach, für seine Tat büßen müssen.

2

———

Zara Richards betrat die Rolltreppe, die sie aus der U-Bahn-Station brachte. Als sie die Straßenebene erreichte, war die Sonne bereits untergegangen, aber die Luft war noch warm. Ihr leichtes Sommerkleid schmiegte sich an sie und sie trug den Blazer, den sie am Morgen übergezogen hatte, über dem Arm. Auch hier war viel los. Aufgrund der vielen tollen Restaurants, die sich in den engen Straßen aneinander reihten, war das Viertel sowohl bei Einheimischen als auch bei Touristen beliebt.

Sie machte Halt an einem Feinkostladen an der Ecke und holte sich abgepacktes Sushi und einen Salat. Sie hatte heute Abend keine Lust zu kochen und war auch nicht sehr hungrig. Eine der Mitarbeiterinnen im Büro hatte nach dem Mittagessen Gebäck mitgebracht und sie hatte sich die süßen Leckereien gegönnt.

Mit der Plastiktüte, in der sich ihr Abendessen befand, überquerte Zara die Straße und ging den nächsten Block entlang. Sie warf einen Blick auf die Tische vor dem Café, wo sie auf dem Weg zur Arbeit immer ihren Kaffee kaufte, als ihr Herz plötzlich einen Schlag aussetzte. Sie erstarrte, unfähig, einen weiteren Schritt oder einen weiteren Atemzug zu machen, denn was sie sah, erschütterte sie bis ins Mark. Sie kannte den Mann, der an einem der Tische im Freien saß und sich intensiv mit einem anderen unterhielt. Er hatte sich in den vier Jahren, seit sie ihn das letzte Mal gesehen hatte, kaum verändert. Seit er sie per SMS verlassen hatte. Wie ein Feigling.

Dylan Steele sah immer noch so gut aus wie eh und je. Sein schwarzes Haar war kurz, seine Haut etwas ledriger als zuvor. Er hatte einen Fünf-Uhr-Bartschatten, was ihr an ihm schon immer gefallen hatte. Er sah urwüchsig aus, wie ein Mann, der nicht ganz gezähmt war, ein Mann, dem *Bad Boy* ins Gesicht geschrieben war. Vor fünf Jahren hatte sie sich Hals über Kopf in ihn verliebt. Die Anziehungskraft zwischen ihnen war explosiv gewesen, und sie waren fast elf Monate zusammen gewesen und hatten praktisch zusammengewohnt, obwohl Dylan immer noch seine eigene Wohnung am anderen Ende der Stadt hatte.

Sie hatte nie verstanden, warum er sie von einem Tag auf den anderen verlassen hatte. Seine SMS verblüffte sie noch heute.

Wir können nicht zusammen sein. Bitte vergiss mich. Es tut mir leid.

Als sie versucht hatte, ihn anzurufen, um herauszufinden, was los war, hatte seine Nummer bereits nicht mehr funktioniert. Und seine Wohnung, zu der sie noch den Schlüssel hatte, war noch möbliert, aber alle seine persönlichen Gegenstände waren weg. Er war spurlos verschwunden. Ohne Erklärung.

Die alte Wut kam wieder in ihr hoch. Sie hatte nie wirklich einen Abschluss gefunden. Sie hatte nie die Gelegenheit gehabt, ihn zu seinen Taten zu befragen. Sie waren so gut zusammen gewesen. Ihre Beziehung war perfekt gewesen, und sie hatte sich sogar eingebildet, dass sie irgendwann heiraten würden. War Dylan in Panik geraten, als sie darüber gesprochen hatten, gemeinsam ein kleines Haus zu mieten? War ihm alles zu schnell gegangen?

Sie hatte nie Antworten auf ihre vielen Fragen bekommen. Aber jetzt würde sie das. Denn obwohl es zwischen ihnen vorbei war, musste sie herausfinden, warum er sie verlassen hatte. Wenn sie dann die kalte, harte Wahrheit hörte, dass er sie nie wirklich geliebt hatte, konnte sie vielleicht endlich die Liebe töten, die sie immer noch für ihn empfand.

Sie würde ihr Leben weiterleben können und nicht jeden Mann mit Dylan vergleichen. Endlich würde sie seine Fehler sehen und erkennen, dass sie froh sein sollte, dass er sie verlassen hatte.

Zara holte ein paar Mal tief Luft und bemerkte, dass ihr Herz in ihrer Brust hämmerte und ihre Handflächen verschwitzt waren. Sie hätte die Luftfeuchtigkeit in der Stadt dafür verantwortlich machen können, aber sie wusste, dass ihr körperlicher Zustand eine direkte Reaktion auf Dylan war. Das Wissen, dass sie in ein paar Sekunden nahe genug sein würde, um ihn zu berühren, nahe genug, um seinen männlichen Duft einzuatmen, nahe genug, um ihr eigenes Spiegelbild in seinen blauen Augen zu sehen, ließ sie sich wie ein nervöser Teenager fühlen, der kurz davor stand, den Quarterback der Schule zum Tanzen aufzufordern.

Sie sollte sich nicht so fühlen. Sie war erwachsen und vor nicht einmal einem Monat sechsunddreißig geworden. Sie beschwor die Wut herauf, die sie so lange zu unterdrücken versucht hatte, und verließ sich darauf, dass sie ihr jetzt Mut machte. Sie war schon immer jemand gewesen, der Konfrontationen ausgewichen war, aber heute wollte sie diese Konfrontation. Tatsächlich brauchte sie sie. Sie musste ihm sagen, was für ein Mistkerl er war, weil er sie so rücksichtslos abserviert hatte.

Zara hob ihr Kinn und zog ihre Schultern zurück, setzte einen Fuß vor den anderen und war bereit, Dylan zu sagen, was sie von ihm hielt.

ACE BEUGTE sich über den Tisch, senkte seine Stimme und reichte ihm ein kleines Stück Papier. „Wir sind uns also einig. Morgen um 9 Uhr. Das ist die Adresse."

Dylan nickte, nahm den Zettel und las. „Okay."

„Präg sie dir ein, dann verbrenne ihn."

Ace stand bereits auf und wandte sich zum Gehen um. Dylan warf nochmal einen Blick auf das Papier und hielt es dann über die Kerze auf dem Tisch. Es fing Feuer und einen Moment später ließ er es auf den Tisch fallen, wo es vollständig verbrannte und nur Asche zurückblieb.

Als Dylan wieder aufsah, war Ace bereits auf dem Bürgersteig und ging zu Fuß die schmale Straße entlang. Dylan stand auf und ließ den halbleeren Plastikbecher mit Eiskaffee auf dem Tisch stehen, als er sah, wie jemand auf ihn zukam. Einen Moment lang konnte er das Gesicht der Frau nicht sehen, weil die Scheinwerfer eines Autos ihre Silhouette abzeichneten. Doch eine Sekunde später erhellten die Außenlichter des Cafés ihr Gesicht.

Er spürte, wie sein Herz stehen blieb und er plötzlich wie gelähmt dastand. Sein Mund wurde trocken und er konnte keinen zusammenhängenden Gedanken fassen. Er versuchte sich daran zu erinnern, was ihm in seiner Ausbildung zum CIA-Agenten beigebracht worden war, um mit einer solchen Situation umzugehen, aber ihm fiel nichts ein. Er konnte nicht klar denken. Er war noch nie in der Lage gewesen, klar zu denken, wenn es um Zara ging, und daran hatte sich auch nichts geändert, obwohl er sie seit vier Jahren nicht mehr gesehen hatte. Offensichtlich heilte die Zeit doch nicht alle Wunden. Sie hatte auch seine Liebe zu ihr nicht ausgelöscht.

Zara hatte sich kein bisschen verändert. Sie war immer noch so schön wie eh und je, vielleicht sogar noch schöner, weil er wusste, dass er keine Chance hatte, sie zurückzugewinnen. Er hatte das königlich vermasselt. Vor vier Jahren war er in Panik geraten, und als er die Dinge durchdacht und einen Weg gefunden hatte, in Sicherheit zu bleiben und auch sie zu beschützen, war es schon zu spät gewesen, alles wieder rückgängig zu machen.

„Zara.“

Sie blieb direkt vor ihm stehen, ihre grünen Augen starrten ihn an, ihr langes blondes Haar streichelte ihre Schultern. Sie sah aus wie eine Wassernymphe in dem hellen Sommerkleid in grünen und blauen Pastellfarben. Wie eine Fata Morgana. Vielleicht halluzinierte er und träumte, wie er es oft tat, wenn er an sie dachte. Träumte davon, was er verloren hatte. Davon, was er aufgegeben hatte. Davon, was er hatte aufgeben müssen. Weil er keine Wahl gehabt hatte, nicht damals, nicht als er hatte fliehen müssen, um mit dem Leben davonzukommen. In manchen Nächten träumte er von ihr, von der Zeit, die sie miteinander verbracht hatten, von den Plänen, die sie geschmiedet hatten.

„Dylan."

Ihre Stimme hatte eine Schärfe, die er noch nie bei ihr gehört hatte. Es war ein Beweis dafür, dass sie keine Fata Morgana war, sondern echt, denn in einer Halluzination würde ihre Stimme süß und sinnlich, neckend und betörend klingen. Nicht stinksauer.

„Wie, ähm ..." Er wusste nicht, was er sagen sollte. *Wie geht es dir?* Das schien kaum angemessen.

Mit zusammengebissenen Zähnen atmete Zara hörbar ein. „Du bist zurück?"

Der anklagende Ton in ihrer Stimme überraschte ihn nicht. Sie hatte jedes Recht, ihn zu beschuldigen.

„Ja, ich bin zurück."

„Du schuldest mir eine Erklärung." Ihre Stimme wurde lauter.

Dylan blickte sich um und bemerkte einen einzelnen Mann an einem Tisch in der Nähe, der ihnen einen neugierigen Blick zuwarf. Dies war kein guter Ort für ein Gespräch mit Zara. Ein Gespräch, das laut und hässlich werden würde.

„Ich weiß."

„Dann sprich!"

„Nicht hier." Er griff nach ihrem Arm, doch sie wich ihm aus. Er ließ seine Hand fallen. „Sorry."

„Ich möchte wissen, warum du verschwunden bist", verlangte sie. „Nach allem, was zwischen uns war ..."

Er hörte, wie ihre Stimme brach, und wusste, dass sie im Café eine noch größere Szene machen würden, wenn sie weinte, und da heutzutage jeder mit seinem Handy Videos von Auseinandersetzungen machte, wusste er, dass sein Gesicht binnen kurzer Zeit in allen sozialen Medien zu sehen sein würde. Seine Feinde würden ihn in einer Nanosekunde finden.

„Ich verspreche, ich werde dir alles erzählen, was du wissen willst.

Nur nicht hier." Er versuchte, sich einen Ort auszudenken, an dem sie nicht belauscht werden konnten. „Irgendwo privat."

Zara nickte steif. „Meine Wohnung ist zwei Blocks von hier entfernt."

Er erkannte schnell, dass dies bedeutete, dass sie seit seinem Weggang vor vier Jahren umgezogen war. Es überraschte ihn nicht. Einen Moment zögerte er noch, doch ihm fiel keine bessere Idee ein. Das kleine Hotel, in dem er wohnte, lag am Stadtrand von Washington D.C.

„Okay."

Als er Zara zum Bürgersteig folgte und schweigend neben ihr herging, fragte er sich, wie viel er ihr erzählen konnte. Sie hatte die Wahrheit verdient, aber wie viel von der Wahrheit? Konnte er ihr von den präkognitiven Fähigkeiten erzählen, die ihn und andere seiner Art zu den wertvollsten Agenten der Nation gemacht hatten? Sie würde denken, er sei verrückt. Und wie konnte er ihr erklären, warum er vor vier Jahren untertauchen musste, weil jemand den Anführer des Stargate-Programms der CIA getötet hatte und allen Agenten Attentäter auf den Hals hetzte? Sie würde denken, er sei paranoid. Aber Paranoia hatte ihn am Leben gehalten. Mehrere Agenten waren bereits ermordet worden, und noch mehr würden sterben, wenn Ace und seine bunt zusammengewürfelte Truppe denjenigen, der sie verraten hatte, nicht aufhalten könnten.

Es würde gefährlich werden, gegen den Feind anzutreten. Konnte er Zara wirklich guten Gewissens davon erzählen? Hatte er das Recht, sie in Angst zu versetzen, nur um sein eigenes Gewissen zu beruhigen, indem er ihr den wahren Grund nannte, warum er sie verlassen und es ihr unmöglich gemacht hatte, ihn zu finden? Es wäre besser für sie, nichts davon zu wissen. Unwissenheit war Glückseligkeit. Aber es würde bedeuten, sie anzulügen. Und er hatte es satt, sie anzulügen. Sie verdiente etwas Besseres. Sie verdiente die Wahrheit, auch wenn dadurch nichts an der Vergangenheit geändert wurde. Oder an der Zukunft, denn sie hatten keine. Denn nach vier Jahren ohne ihn hatte Zara ein neues Leben begonnen.

3

Zara überquerte mit Dylan an ihrer Seite die Straße, während sich zwischen ihnen Stille ausbreitete. Ihr Herz raste. Zu viele Dinge gingen ihr durch den Kopf. Als der andere Mann den Tisch verlassen hatte, hatte sie zugesehen, wie Dylan ein Stück Papier verbrannte, was sie gelinde gesagt seltsam fand. Keiner der beiden Männer hatte geraucht, da war sie sich sicher, sie konnte es also sicher nicht mit Zigarettenrauch verwechselt haben. Und als sie näher gekommen war und einen Blick auf den Tisch geworfen hatte, hatte sie die verkohlten Überreste des Stücks Papier gesehen. Seltsam.

Nach seiner anfänglichen Überraschung war Dylan schnell ruhig und gefasst geworden. Das ärgerte sie noch mehr, denn sie war alles andere als ruhig und gefasst. Sie war wütend und wünschte, sie könnte ihn jetzt anschreien und ihre Fäuste gegen seine Brust trommeln, um ihm klarzumachen, wie sehr er sie verletzt hatte. Stattdessen hatte sie zugestimmt, dass sie unter vier Augen redeten, und da sie doof war, hatte sie ihn in ihre Wohnung eingeladen.

Wie blöd! Als ob sie mit ihm allein sein wollte!

Aber sie konnte es jetzt nicht zurücknehmen. Es würde sie schwach aussehen lassen. Und sie musste für diese Auseinandersetzung stark wirken, auch wenn sie sich nicht stark fühlte. Schon während sie neben ihm herging, brodelten ihre alten Gefühle für ihn zur Oberfläche. Es war ihm schon immer gelungen, dass ihre Knie weich wurden, indem er sie nur ansah. Und selbst jetzt musste sie sich davon abhalten, näher an ihn heranzutreten, denn wenn sie ihn streifte, wäre es vorbei mit ihrer Selbstbeherrschung.

Ja, so schlimm stand es um sie. Aber sie war entschlossen, sich dieses Mal nicht von seinem Charme überwältigen zu lassen. Sie wollte nur herausfinden, warum er sie verlassen hatte. Und sobald sie es wusste, würde sie in der Lage sein, ihr Leben weiterzuleben, ohne an ihn zu denken, ohne jeden Mann mit ihm zu vergleichen, wo ihm doch nie einer das Wasser reichen konnte.

Sobald er ihre Frage zu ihrer Zufriedenheit beantwortet hatte, würde sie ihn zur Tür weisen. Und das wäre das Ende. Und daran würde sich nichts ändern.

Als sie ihre Wohnung im dritten Stock betraten, war sie mental auf alles vorbereitet. Dylan schloss die Tür hinter sich und betrat die kleine Zwei-Zimmer-Wohnung, die ein halbes Monatsgehalt kostete. Sie bemerkte, dass er sich umsah, aber sie war am Ende ihrer Geduld.

Zara stellte ihr mitgebrachtes Essen auf den Wohnzimmertisch und warf Handtasche und Jacke auf einen Sessel.

„Wir sind allein. Sprich endlich!“ Sie verschränkte die Arme vor der Brust und wappnete sich für die Wahrheit. Hatte er sie wegen einer anderen Frau verlassen? Sie wusste nicht, was schlimmer sein würde: dass Dylan kalte Füße bekommen hatte, weil sie zusammenziehen hatten wollen, oder er sich in eine andere Frau verliebt hatte.

Dylan räusperte sich. „Ich habe dir damals erzählt, dass ich für eine Lobbyfirma arbeitete. Das war eine Lüge.“ Er sah sie an, als wollte er zuerst ihre Reaktion überprüfen.

„Warum hast du mich wegen deines Jobs belogen?“

„Weil ich es musste. Ich wurde vor über zwölf Jahren von der CIA rekrutiert.“

Die Nachricht verblüffte sie. „Du bist ein CIA-Agent?“ Sie schüttelte den Kopf und glaubte seiner Behauptung nur halb. Jeder konnte sagen, dass er ein CIA-Agent war. Schließlich konnte sie das nicht unabhängig überprüfen.

„Das war ich."

„Sagen wir mal, ich glaube, dass du für die CIA gearbeitet hast, das erklärt immer noch nicht, warum du ohne Erklärung verschwunden bist." Sie strich sich die Haare aus dem Gesicht. „Außerdem bedeutet das, dass du, wenn du vor zwölf Jahren als Agent angefangen hast, schon dort gearbeitet hast, als wir uns kennenlernten und zusammen waren. Erzähl mir also nicht, dass du mich wegen deines Jobs verlassen hast."

Dylan streckte die Hand aus, um ihren Arm zu berühren, was sie darauf hinwies, dass sie angefangen hatte zu gestikulieren, was sie immer tat, wenn sie aufgeregt war.

„Bitte, Zara, hör mir zu", sagte Dylan in einem beschwichtigenden Ton, während er sanft ihren Arm drückte, um seine Forderung zu unterstreichen.

Er hatte es schon immer geschafft, sie zu beruhigen, wenn sie verärgert war, und jetzt nutzte er wieder diese Fähigkeit, aber das durfte sie nicht zulassen. Sie zog ihren Arm zurück, sodass er sie loslassen musste.

„Dann erklär mir, was passiert ist. Und erzähl mir nicht, dass ein CIA-Agent keine Freundin oder Familie haben darf."

„Du hast recht. Ein CIA-Agent kann eine Familie haben, das tun viele, und ich hätte nie gedacht, dass das ein Problem sein würde. Ich habe in Langley gearbeitet, nicht in einem weit entfernten Land. Deshalb konnte ich mit dir zusammen sein. Um ein normales Leben zu führen." Er seufzte und zögerte. „Aber vor vier Jahren wurde das Programm, in dem ich arbeitete, kompromittiert. Unser Direktor wurde ermordet, und wir Agenten waren auch in Gefahr ..."

Sie runzelte die Stirn. Dylans Aussage klang weit hergeholt. Aber konnte sie wahr sein? „Was für eine Gefahr?"

Er senkte den Blick ein wenig, sein Gesichtsausdruck war düster. „Jemand will uns auslöschen. Jeden einzelnen Agenten im Programm. Von einem Moment auf den anderen mussten wir untertauchen. Als ich erfuhr, was passiert war, hatte ich kaum Zeit, alle meine persönlichen Unterlagen zu vernichten, die meinen Feinden hätten helfen können, mich zu finden." Er hob seinen Blick, um ihr direkt in die Augen zu sehen. „Und um dir eine SMS zu schicken, bevor ich die SIM-Karte meines Handys zerstören musste."

Sie schüttelte langsam den Kopf. Sie wollte es nicht glauben. „Du hättest mir sagen können, wohin du gegangen bist, damit ich dich sehen und mit dir reden hätte können."

„Nein. Zuerst wusste ich nicht einmal, wohin ich fliehen würde, und dann, wenn ich es dir gesagt hätte, hätten meine Feinde von dir erfahren können, wo ich war."

Die Annahme, dass sie seinen Feinden seinen Aufenthaltsort verraten hätte, schmerzte. „Ich hätte es nie jemandem erzählt! Ich habe dich geliebt!" Tränen stiegen ihr in die Augen, aber sie unterdrückte sie.

„Ich weiß, dass du meinen Aufenthaltsort niemals freiwillig verraten hättest. Aber diese Leute haben Methoden, die jeden zum Reden bringen können."

„Wer sind sie?"

„Ich weiß es nicht."

„Wie bitte?" Sie kniff die Augen zusammen. Hatte er sich das alles spontan ausgedacht? „Du konntest dir keine bessere Geschichte ausdenken? Verdammt, Dylan! Ich dachte immer, du wärst ein guter Mann, aber im Moment habe ich ernsthafte Zweifel, dass das, was ich damals in dir gesehen habe, jemals existiert hat."

Dylan griff erneut nach ihrem Arm und trat einen Schritt näher. „Ich bin immer noch dieser Mann, Zara. Aber ich hatte keine Wahl. Ich musste fliehen, sonst wäre ich jetzt tot."

Sie starrte ihn böse an. „Nur weil du ein CIA-Agent warst? Das kaufe ich dir nicht ab. Es gibt viele CIA-Agenten, die hier in D.C. ein normales Leben führen."

„Das mag bei anderen der Fall sein, aber nicht bei den Männern, die im selben Programm waren wie ich. Es war streng geheim. Die

Dinge, die wir wissen, die Fähigkeiten, die wir haben, sie machen uns zu einer Zielscheibe."

„Welche Dinge? Welche Fähigkeiten? Dein Programm war also streng geheim. Na und? Welches CIA-Programm ist das nicht? Das heißt aber immer noch nicht, dass du sofort verschwinden musstest."

„Verdammt, Zara, warum willst du mir nicht glauben? Ich sage dir die Wahrheit. Ich musste fliehen, um zu überleben."

Sie schlug mit der Faust gegen seine Brust. „Du hättest mich mitnehmen können!" Die Worte waren heraus, bevor sie sie zurücknehmen konnte.

„Und dich in Gefahr bringen?" Er schüttelte den Kopf. „Niemals."

„Du willst, dass ich dir glaube? Dann sag mir, warum du und die anderen Agenten in Todesgefahr seid! Gib mir was! Etwas Greifbares. Nicht diese vagen Erklärungen", forderte Zara.

Für einen langen Moment sah er sie an und sie konnte sehen, wie sich die Räder in seinem Kopf drehten. „Es tut mir leid. Ich kann es dir nicht sagen."

„Aber du hast doch selbst gesagt, dass das Programm kompromittiert wurde. Und du bist nicht mehr bei der CIA. Und plötzlich bist du zurück, vier Jahre später? Verstehst du nicht, dass das keinen Sinn ergibt? Warum bleibst du vier Jahre weg und kommst dann plötzlich wieder zurück?"

„Ich bin vor zwei Jahren für ein paar Tage zurückgekommen."

„Was?" Schock durchfuhr sie. Sie fühlte sich erneut betrogen. „Und du hast mich damals nicht aufgesucht?"

„Doch. Aber du warst kurz davor zu heiraten. Ich konnte nicht bleiben. Du hattest ein neues Leben ..." Er zuckte mit den Schultern. Dann nahm er ihre Hände und sah sie an. „Du trägst keinen Ehering."

Sie schwieg, im Kopf noch mit der Nachricht beschäftigt, dass er vor zwei Jahren schon einmal hiergewesen war.

„Was ist passiert?", fragte Dylan.

Sie zuckte mit den Schultern. Ihr Verlobter Tim hatte nie mit Dylan mithalten können. Tim war ein netter Mann, aber ihre

Beziehung war nie so leidenschaftlich und aufregend gewesen wie ihre Beziehung zu Dylan. Je näher der Hochzeitstermin gerückt war, desto klarer war ihr geworden, dass sie Tim nicht liebte, denn ihr Herz gehörte immer noch Dylan.

„Wir haben uns getrennt. Ich schätze, ich bin doch nicht der Typ, der heiratet."

4

———————

Dylan schnaubte. Er erkannte eine Lüge, wenn er mit einer konfrontiert wurde, vor allem wenn sie von einer Person kam, die er so gut kannte. Aber wer war er, Zaras Worte in Frage zu stellen? Vor zwei Jahren war er nach D.C. gereist, weil er seine Sehnsucht nach Zara nicht länger hatte unterdrücken können, nur um zu erfahren, dass sie einen Monat später heiraten würde. Damals hatte er nicht einmal versucht, sie zu sehen, da er wusste, dass er ihrem Glück nicht im Wege stehen konnte. Also war er wieder abgereist.

Aber es tat weh zu wissen, dass sie sich in jemand anderen verliebt hatte und bereit für eine lebenslange Bindung war, während er nie in der Lage gewesen war, über sie hinwegzukommen. Er hatte gelegentlich einen One-Night-Stand, aber er hatte in all der Zeit keine Frau getroffen, mit der er eine Beziehung haben wollte. Er hatte sich immer gesagt, dass der Grund darin lag, dass er immer noch auf der Flucht war, aber der wahre Grund war, dass er Zara immer noch liebte.

Aber er hatte kein Recht, zu versuchen, noch einmal etwas mit ihr anzufangen. Es würde nichts Gutes dabei herauskommen und er würde sie nur in Gefahr bringen.

„Ehrlich, es tut mir leid, dass ich dir wehgetan habe. Und ich wünschte, ich könnte die Zeit zurückdrehen und es ändern, aber die Wahrheit ist, dass du ohne mich besser dran bist. Der Ärger folgt mir, wohin ich auch gehe." Er seufzte. „Ich muss weg."

Er wandte sich von ihr ab.

„Du gehst? Na gut! Mach schon: Geh! Denn das kannst du ja gut. Immer dann zu gehen, wenn es zu schwierig oder zu kompliziert wird."

Dylan wirbelte herum. „Verdammt, Zara! So bin ich nicht. Und das weißt du auch. Hätte ich damals nicht um mein Leben laufen müssen, hätte ich dich gebeten, mich zu heiraten, und dir einen verdammten Ring an den Finger gesteckt. Als ich herausfand, dass du einen anderen Mann heiraten würdest, brach es mir das Herz." Er senkte den Blick, damit er ihre Reaktion nicht sehen musste. Er hatte das nicht sagen wollen, aber jetzt war es raus. Er konnte es nicht mehr zurücknehmen. Jetzt konnte er ihr genauso gut gleich alles beichten. „Aber jetzt ist es zu spät. Ich habe dich verletzt und ich verstehe, dass ich das, was ich zwischen uns zerstört habe, nicht wiedergutmachen kann. Es spielt keine Rolle, dass ich dich immer noch liebe. Ich weiß, wann ich verloren habe."

Ohne sie anzusehen, drehte er sich zur Tür um. Er machte einen Schritt, bevor Zara ihn am Arm packte und gewaltsam zurückriss.

„Verdammt, Zara ... bitte nicht ... lass mich gehen ..."

Er hätte leicht ihre Hand abschütteln und die Tür öffnen können, aber er tat es nicht. Als er ihre Hand auf seinem Arm spürte, kamen lang unterdrückte Begierden wieder an die Oberfläche.

Wider besseres Wissen wandte er sich zu ihr um. Ein Blick in ihre Augen und er wusste, dass er nicht mehr die Kraft hatte, Widerstand zu leisten. Ohne den Blickkontakt zu unterbrechen, zog er sie in seine Arme, schlang einen Arm um ihre Taille und legte eine Hand auf ihren Nacken. Ein Atemzug entkam ihrem Mund.

„Du solltest mir sagen, dass ich verschwinden soll", forderte er ohne Überzeugung.

„Kann ich nicht", flüsterte sie und die raue Stimme erinnerte ihn daran, wie sie immer geklungen hatte, wenn sie erregt war.

„Baby", murmelte er. „Ich bin immer noch auf der Flucht. Ich kann dir nicht bieten, was du willst –"

Zara legte ihre Hand auf seine Wange. „Du bist das, was ich will." Sie legte eine Hand auf seinen Hintern und zog ihn zu sich.

Sofort wurde sein Schwanz hart und er wusste, dass es jetzt kein Zurück mehr gab. „Scheiß drauf!"

Dylan eroberte ihren Mund und küsste sie. Zara öffnete ihre Lippen und neigte den Kopf, um ihm einen besseren Zugang zu ermöglichen, und er nutzte dies voll aus und tauchte in ihren Mund, um sie zu erkunden. Sie schmeckte nach allem, was er an ihr vermisst hatte: ihre Leidenschaft, ihre Zärtlichkeit, die Offenheit, mit der sie ihn immer begrüßt hatte. Er war ein Idiot gewesen, so lange darauf zu verzichten. Ohne Zara in seinen Armen, in seinem Bett. Er würde das jetzt wieder aufholen und sich später über die Konsequenzen Sorgen machen.

Zara küsste ihn mit einer Hingabe, die ihm ohne Worte sagte, dass auch sie ihn vermisst hatte und dass sich ihre Gefühle nicht geändert hatten. Alles an ihr war so vertraut und doch ebenso neu und aufregend. Leises Stöhnen und Seufzen drang aus ihrer Kehle und die Geräusche machten ihn noch härter. Er hatte es immer geliebt, wie Zara auf seine Küsse reagierte. Und die Art, wie er auf ihre reagierte.

Mit jedem Schlag ihrer Zunge gegen seine erhitzte sich sein Körper und mehr Blut strömte zu seinem Schwanz, was ihn härter als ein Brecheisen machte. Da er mehr von ihr spüren wollte, fand er den Reißverschluss ihres Kleides und zog ihn nach unten, sodass er eine Hand unter den dünnen Stoff schieben konnte. Als seine Finger ihre Haut berührten, durchlief ihn etwas, das einem Stromstoß nahekam. Ein sichtbarer Schauer durchfuhr Zara und sie packte ihn noch fester am Hintern.

Ermutigt durch ihre Reaktion wich er gerade so weit zurück, dass er die Träger ihres Kleides über ihre Schultern schieben und das Kleid bis zu ihrer Taille herunterziehen konnte. Zara wich zurück, brach den Kuss ab und packte, wie sie es schon so oft zuvor getan hatte, den Saum seines Hemdes und zog es nach oben. Er half ihr und zog es über seinen Kopf, bevor er es auf den Boden warf. Mit nun nacktem Oberkörper nahm er sie zurück in seine Arme. In dem Moment, als ihre Brüste seine Brust berührten, legte Dylan seine Hand unter ihr Kinn und zwang sie, ihm in die Augen zu schauen.

„Zara ..." Er wusste nicht, was er sagen wollte. Aber er wollte diesen Moment festhalten, denn es war wieder wie beim ersten Mal. „Ich war ein Narr, dich zurückzulassen."

„Dann mach es jetzt wieder gut."

Zara bot ihm wieder ihre Lippen an, und er nahm sie und küsste sie innig, während er begann, sich wieder mit ihrem Körper vertraut zu machen. Ihre Brüste waren genauso fest wie vor vier Jahren, ihre Brustwarzen genauso reaktionsfreudig und verwandelten sich in harte kleine Knospen. Er streichelte sie so, wie es ihr gefiel, und entlockte ihr ein Stöhnen und Seufzen.

Auch Zara war nicht untätig. Sie streichelte über seinen Rücken, bevor sie ihre Hände in seine Hose schob und seinen Hintern damit fest umklammerte.

Verdammt! Wenn sie so weitermachte, würde er wie ein grüner Junge in seiner Hose kommen. Das konnte er nicht zulassen. Er musste in ihr sein, wenn das passierte.

Dylan löste schweratmend seine Lippen von ihren. „Schlafzimmer?"

Zara deutete auf eine Tür hinter ihm, während sie bereits den Knopf seiner Hose öffnete und den Reißverschluss herunterließ. Ihm blieb nichts anderes übrig, als hier seine Schuhe und Hose auszuziehen, wenn er nicht wie ein Pinguin watscheln und über seine eigenen Füße stolpern wollte. Als er nur noch seine Boxershorts trug, hatte Zara ihr Kleid vollständig ausgezogen und stand nun nur noch in einem winzigen rosa Höschen vor ihm. Verdammt sexy und unschuldig wie eine zarte Blume.

Er zog sie in seine Arme und ging mit ihr ins Schlafzimmer. Sie war immer schon sehr zierlich und wog praktisch nichts. Als er ihr vor fünf Jahren zum ersten Mal begegnet war, hatte sich sein Beschützerinstinkt gemeldet und diesen hatte er nie abschütteln können. Eine so zarte, so schöne und so liebevolle Frau musste um jeden Preis beschützt werden. Er hatte sich mehr in sie verknallt, als er es jemals für möglich gehalten hätte. Zara war hochintelligent und unabhängig, witzig und fürsorglich, und je besser er sie kennengelernt hatte, desto mehr wunderte er sich, warum er so viel Glück gehabt hatte, ihre Liebe zu gewinnen.

Dylan legte sie auf das Bett und stand einen Moment still da und sah sie nur an. Ihr blondes Haar war wie ein Heiligenschein um ihren Kopf gefächert und ihre makellose Haut glänzte. Wortlos schob sie ihr Höschen hinunter und zeigte ihm ihre Muschi. Sein Herz schlug jetzt wie ein Presslufthammer und er zog seine Boxershorts aus und befreite seinen steinharten Schwanz, bevor dieser den Stoff zerreißen konnte.

Zaras Augen funkelten, als sie ihren Blick auf seine Erektion richtete. Die Bewunderung in ihrem Blick entging ihm nicht. Das liebte er an ihr: Sie war wie ein offenes Buch, verbarg nie ihre wahren Gefühle und spielte nie Spielchen mit ihm.

Dylan konnte nicht länger warten, gesellte sich zu ihr aufs Bett und rollte sich über sie. Zara spreizte ihre Schenkel und schlang sie direkt unterhalb seines Hinterns um seine Beine, um zu zeigen, dass auch sie es kaum erwarten konnte, Liebe zu machen. Es würde kein Vorspiel und keine Verzögerung geben, denn das brauchten sie beide.

Dylan passte sich an und stieß in ihre Muschi. Nasse Hitze begrüßte ihn und ließ ihn sanft eintauchen. Trotz ihrer Säfte war Zara eng und umklammerte ihn wie ein Schraubstock. Er hatte noch nie etwas so Intensives gespürt wie jetzt in ihr zu sein, gefangen von ihren starken Muskeln. Wenn er jetzt sterben würde, würde er das als glücklicher Mann tun.

„Oh, Dylan", murmelte sie mit heiserer Stimme.

Er sah ihr in die Augen und las alles, was sie nicht mit Worten ausdrückte. Er sah die Liebe dort, die Liebe, die sie geteilt hatten, bevor er geflohen war. Wie hatte er sich so lange von ihr fernhalten können? Wie war er so lange ohne ihre Liebe ausgekommen? Es grenzte an ein Wunder.

„Ich liebe dich, Zara. Ich habe dich immer geliebt."

Dylan gab ihr keine Chance zu antworten. Stattdessen nahm er ihre Lippen und küsste sie, während er begann, in ihre durchnässte Muschi hineinzustoßen und sich wieder zurückzuziehen und seinen Rhythmus zu finden, indem er sich daran erinnerte, wie Zara geliebt werden wollte. Sie war fügsam in seinen Armen und war schon immer eine aktive Partnerin bei ihrem Liebesspiel gewesen. Sie berührte ihn, streichelte ihn und brachte ihre Freude offen zum Ausdruck, während sie um das bat, was sie brauchte. Ihr Stöhnen und Seufzen sowie die Art und Weise, wie sie sich bewegte, leiteten ihn und halfen ihm, den richtigen Rhythmus und das richtige Tempo, den richtigen Winkel und die richtige Position zu finden, sodass sein Schambein bei jedem Stoß über ihre Klitoris rieb.

Ihr Liebesspiel war schon immer leidenschaftlich gewesen, aber heute Abend steckte mehr dahinter. Es war nicht nur Leidenschaft, die er empfand. Was sie ihm schenkte, indem sie ihn auf diese Weise begrüßte, stillte endlich die Sehnsucht, die er seit dem Tag seiner Abreise empfunden hatte. Die Art und Weise, wie sich ihre Körper in perfekter Harmonie bewegten, erfüllte sein Herz mit Freude und seinen Schwanz mit noch mehr Blut. Und obwohl er in der Vergangenheit hunderte Male mit Zara geschlafen hatte, fühlte sich dieser Abend völlig neu und verlockend an. Er wollte nicht, dass es aufhörte, also klammerte er sich an seine Selbstbeherrschung und zwang sich, sich auf ihr Vergnügen zu konzentrieren, nicht auf sein eigenes. Er verlangsamte seine Stöße, rollte sich dann auf den Rücken und nahm Zara mit, sodass sie rittlings auf ihm saß.

Zara öffnete keuchend ihre Lippen. Ihr Mund war gerötet und ihr Haar zerzaust; Schweiß bedeckte ihr Gesicht und ihre Haut hatte einen rosigen Schimmer. Sie sah aus wie eine Frau im Bann der Leidenschaft.

„Reite mich, Baby", forderte er.

Auf seinem Schwanz aufgespießt, bewegte sich Zara auf ihm auf und ab. Ihre perfekt proportionierten Brüste hüpften bei jeder Bewegung mit, während Locken ihrer langen Haare über ihre Schultern fielen und eine sich an ihrer harten Brustwarze verfing. Sie beugte sich über ihn und bot ihm ihre Brüste an. Er umfasste sie und drückte sie, bevor er einen Nippel in seinen Mund saugte und ihn leckte, dann dasselbe mit dem anderen Nippel tat.

Er massierte ihr festes Fleisch und genoss Zaras lustvolle Geräusche. Da er wusste, was sie jetzt brauchte, ließ er eine Brust los und brachte seine Hand zu der Stelle, an der ihre Körper verbunden waren. Wie schon so oft in der Vergangenheit fand er ihren Kitzler und streichelte ihn. Sofort spürte er, wie sich Zaras Bewegungen veränderten. Ihr Tempo beschleunigte sich und ihr Rhythmus veränderte sich, was ihm zeigte, wie sie berührt werden wollte. Er hatte kein Problem damit, ihrem Beispiel zu folgen, auch wenn das bedeutete, dass er die Leine an sich selbst fester anziehen musste, damit er nicht vor ihr zum Höhepunkt kam. Mit jedem Quäntchen seiner Willenskraft behielt er seine Selbstbeherrschung und malte enge Kreise um ihre Klitoris, wobei er den Druck und die Geschwindigkeit erhöhte.

Ein Keuchen, das über Zaras Lippen brach, kündigte die Ankunft ihres Orgasmus an und er ließ die Zügel los, mit denen er seine Selbstbeherrschung im Zaum gehalten hatte. Als sich ihre Muschi um seinen Schwanz verkrampfte, erreichte er seinen Höhepunkt und schoss sein Sperma in sie hinein.

Zara brach auf seiner Brust zusammen, und er schlang seine Arme um sie und strich ihr die Haare aus dem Gesicht, um ihre Lippen zu finden und sie zu küssen.

Sie atmete tief aus und er summte zufrieden.

„Oh Baby, das habe ich vermisst. Ich habe dich vermisst", murmelte er.

Sie hob den Kopf. „Du hättest früher zurückkommen sollen."

„Verzeihst du mir?"

Sie runzelte die Stirn. „Das sollte ich nicht. Du hast mir wehgetan."

Dylan strich mit seinen Fingerknöcheln über ihre Wange. „Ich weiß. Und ich bin bereit, alles zu tun, um deine Vergebung zu gewinnen." Selbst wenn er dadurch wie ein Mann klang, der unter dem Pantoffel stand, denn für Zara würde er ohne zu zögern alles tun, was sie wollte.

Sie hielt ein paar Sekunden inne. „Geh nicht."

5

___

Zara spürte, wie etwas Warmes sich von hinten an ihren Körper schmiegte, und versuchte, tiefer in den wunderbaren Traum zu versinken, in Dylans Armen aufzuwachen. Es war ein Traum, den sie oft hatte, auch wenn er sich diesmal realer und intensiver anfühlte. Sie atmete den Duft reinen Mannes ein und räkelte sich gegen die Wärme an ihrem Rücken. Ein Lufthauch strich über ihren Hals und Lippen drückten sanfte Küsse darauf, während ein Stoppelbart ihre Haut kribbeln ließ.

„Guten Morgen, Zara."

Sie schnappte nach Luft und öffnete die Augen, augenblicklich wach. Das war kein Traum. Dylan war wirklich hier, in ihrem Bett, nackt und danach zu urteilen, was sich an ihrem Hintern rieb, bereit für Sex.

„Dylan!" Sie drehte ihren Kopf, um ihn anzusehen. „Du bist hier."

„Ich habe dir versprochen, dass ich nicht gehen würde." Er lächelte, während er ihren Oberschenkel packte und ihn anhob, damit er an seinen Platz gleiten konnte. „Um neun muss ich mich mit jemandem treffen, aber für das hier habe ich gerade noch genug Zeit."

Er stieß langsam von hinten in sie hinein und ließ sie bei der willkommenen Invasion nach Luft schnappen. „Oh, Dylan ..."

„Ich kümmere mich um dich, Babe", flüsterte er ihr ins Ohr, während er begann, sich langsam hin und her zu bewegen. „Entspann dich."

Er umfasste eine Brust mit seiner Hand und knetete sie. Ihre Brustwarzen verwandelten sich sofort in harte Kieselsteine. Zara griff nach hinten und legte ihre Hand auf seine Hüfte, um ihn zu drängen, sie fester zu nehmen. Sie hatten es beide immer genossen, morgens Liebe zu machen, und das hatte sie vermisst. Sie hatte es vermisst, mit Dylan in ihrem Bett aufzuwachen, sein großer Körper an sie geschmiegt.

„Ich habe dich vermisst", flüsterte er, während er weiterhin seine Erektion in sie hineinstieß, ohne einen Moment zu zögern. „Der Gedanke, dass du mit einem anderen Mann geschlafen hast, hat mich jeden Tag fast umgebracht."

Zara legte ihre Hand auf seinen Hintern, um seinen nächsten Stoß zu verstärken. „Nachdem ich mit Tim Schluss gemacht hatte, konnte ich nicht ... nicht ..." Sie hatte schon lange keinen Sex mehr gehabt, weil sie sich zu niemandem hingezogen gefühlt hatte.

„Oh Zara, meinst du ...?"

Sie schaute über ihre Schulter und begegnete seinem Blick. Sie musste seine Frage nicht beantworten, denn seine Augen gaben ihr zu verstehen, dass er wusste, was sie meinte. Er nahm seine Hand von ihrer Brust und strich mit seinen Fingerknöcheln über ihre Wange. Die Zärtlichkeit seiner Geste überraschte sie. Obwohl Dylan immer ein rücksichtsvoller Mann gewesen war, hatte er selten die Art von Zärtlichkeit gezeigt, die er jetzt offenbarte. Doch bevor sie noch etwas sagen konnte, begann er immer stärker und schneller in sie einzudringen.

Sein Atem wurde unregelmäßig und Schweiß bildete sich auf seiner Haut. Sie ließ sich von der Leidenschaft, die er mit ihr teilte, mitreißen und genoss das Wissen, dass sie ihn immer noch so erregen konnte, dass er kurz davorstand, die Beherrschung zu verlieren. Sie wusste es, denn er ließ nun seine Hand zu ihrer Muschi gleiten und streichelte ihren Lustknopf mit schnellen Bewegungen seines

Zeigefingers, was ihren Körper in Brand setzte. Sie stöhnte vor Vergnügen und liebte die Art, wie er sie von hinten nahm, sein dicker Schwanz sie bis zum Äußersten dehnte, während er ihre Klitoris mit fachmännischer Präzision streichelte.

Sie bewegten sich jetzt synchron und sie wusste nicht einmal, wo ihr Körper endete und seiner begann. Sie spürte jede Faser ihres Körpers und die Verbindung, die sie immer gehabt hatten. Sie spürte, wie nahe er seinem Orgasmus war, doch er liebkoste sie weiter, ohne sie zum Ziel zu hetzen. Er hatte das immer getan, immer dafür gesorgt, dass sie vor ihm ihren Höhepunkt erreichte, und das hatte sie immer an ihm geliebt.

„Fuck, Babe", stieß er seufzend aus. „Ich kann nicht länger durchhalten."

Sie legte ihre Hand auf seine und führte seinen Finger über ihre Klitoris, um seinen Rhythmus leicht anzupassen. Sie seufzte erleichtert, als sie plötzlich spürte, wie ihr Orgasmus nahte. „Fast, Baby", flüsterte sie.

Zwei Sekunden später spürte sie, wie die Wellen ihres Orgasmus durch ihren Körper rasten und nach außen explodierten. Sie ließ Dylans Hand los und bei seinem nächsten Stoß stöhnte Dylan laut auf. Einen Moment später spürte sie, wie der heiße Strahl seines Spermas sie füllte und jeden weiteren Stoß noch geschmeidiger machte. Ein Schauder lief durch ihren Körper und Dylan drückte sie schwer keuchend fester an sich.

„Fuck!"

Sie lächelte und atmete erleichtert auf. Sie hatte sich schon lange nicht mehr so befriedigt und entspannt gefühlt. „Mmm." Als sie den Kopf leicht drehte, erblickte sie die Uhr auf ihrem Nachttisch.

„Mist!" Sie schoss hoch.

„Was stimmt nicht?"

Sie konnte nicht anders, als zu bemerken, dass Dylan einen kurzen Blick auf die Tür und dann auf das Fenster warf, als würde er einen Eindringling erwarten.

„Ich muss mich für die Arbeit fertig machen." Sie seufzte und fragte sich, ob sie sich krankmelden sollte, aber der Berg an Arbeit auf ihrem Schreibtisch würde dadurch nur noch größer werden.

„Arbeitest du noch für diese Anwaltskanzlei?" Er zog sie wieder an sich und schmiegte sein Gesicht an ihre Halsbeuge.

„Nein, ich arbeite jetzt für einen Senator. Also muss ich zur Arbeit gehen."

„Haben die Senatoren D.C. nicht schon für die Sommerpause verlassen?"

„Noch nicht, ihre Sitzungen sind erst in einer Woche vorbei." Sie verzog das Gesicht. „Ich gehe lieber duschen."

„Kann ich mit dir duschen?"

Sie drehte den Kopf und bemerkte sein schelmisches Grinsen. „Nur wenn du dich benimmst." Denn sie erinnerte sich nur zu gut daran, was Dylans Lieblingsbeschäftigung unter der Dusche war.

„Ich weiß nicht, auf was du hinaus willst", sagte er grinsend.

Sie verdrehte die Augen und schlug die Bettdecke zurück, bevor sie aus dem Bett stieg. Als sie einen Blick über ihre Schulter warf, bemerkte sie, dass Dylan seinen Blick über ihren Körper schweifen ließ, die Lippen leicht geöffnet. Seine Augen verdunkelten sich. Verdammt, dieser Blick stellte etwas mit ihr an. Sie spürte ein Kribbeln im Bauch und war versucht, sich doch krank zu melden.

„Na, wir gehen lieber duschen", sagte er und stand auf. „Ich muss auch zu einer Verabredung."

Sie ließ ihren Blick über seinen muskulösen Körper schweifen. Er hatte noch weniger Fett am Körper als zu der Zeit, als sie zusammen gewesen waren. Sein Schwanz war immer noch halb erigiert und sie ertappte sich dabei, wie sie ihre Unterlippe zwischen ihre Zähne zog und den Drang unterdrückte, ihn nach hinten zu stoßen, damit er wieder auf dem Bett landete.

„Frau", stieß er hervor, als er sie erreichte. „Wenn du mich so ansiehst, werden wir uns beide verspäten." Er gab ihr einen sanften Klaps auf den Hintern.

Seufzend ging sie vor ihm ins Badezimmer. Augenblicke später standen sie unter der Dusche und warmes Wasser regnete auf sie herab. Wie schon so oft zuvor wuschen sie sich gegenseitig. Zara genoss seine Hände auf sich und liebte es, seinen Körper auf diese Weise zu erkunden.

„Du siehst so aus, als ob du noch mehr trainierst als damals", bemerkte sie und strich mit ihren Händen über seine Bauchmuskeln. Sein Bauch war so hart wie ein Waschbrett, doch seine haarlose Haut war so weich wie Samt.

„Ich habe keine Wahl." Er nahm einen Klecks Haarshampoo und massierte es in ihr Haar. „Ich muss vorbereitet sein, falls meine Feinde mich finden."

„Was wirst du tun, wenn sie dich finden?"

„Mich verteidigen." Er zuckte mit den Schultern, bevor er ihr den Schaum aus dem Haar spülte.

„Wie?" Sie drehte sich um und sah ihn an.

Er begegnete ihrem Blick. „Mit allen notwendigen Mitteln."

Trotz des warmen Wassers wurde ihr plötzlich kalt. In seinen Augen und seiner Stimme lag eine Entschlossenheit, die sie noch nie zuvor an ihm bemerkt hatte. Hatte ihn das Leben auf der Flucht zu einem harten Mann gemacht? Sie war sich nicht sicher, weil es nicht zu der Zärtlichkeit passte, die sie am Abend zuvor bei ihm beobachtet hatte.

Zara beschloss, keinen Kommentar auf seine Bemerkung zu machen. Stattdessen stieg sie aus der Dusche und griff nach einem Handtuch. Während sie sich abtrocknete, warf sie einen Blick auf Dylan, der sich die Haare wusch und den Schaum ausspülte. Das Wasser perlte von seinem Körper und seine Muskeln spannten sich bei jeder Bewegung. Jetzt trocken, putzte sie sich die Zähne, während sie Dylan weiterhin im Spiegel beobachtete. Als er sich umdrehte und aus der Dusche stieg, griff Zara nach einem frischen Handtuch und reichte es ihm.

„Hast du eine Ersatzzahnbürste?"

Sie zeigte auf die Schublade unter dem Waschbecken. „Da drin."

„Danke.“ Er begann sich abzutrocknen.

„Werde ich dich sehen, wenn ich von der Arbeit zurückkomme?“, fragte sie. Sie hatte diese Frage nicht stellen wollen, weil sie in ihren eigenen Ohren bedürftig klang, aber die Worte waren heraus, bevor sie sie zurücknehmen konnte.

„Kann ich dich später anrufen?“ Er rieb sich die Haare trocken. „Ich weiß nicht, wie lange mein Meeting dauern wird.“

„Ja, sicher.“

Zara hängte ihr gebrauchtes Handtuch über einen Handtuchhalter und wandte sich zur Tür. Dylan legte seine Hand um ihr Handgelenk, um sie aufzuhalten. Sie blickte über ihre Schulter.

„Zara, vertrau mir, ich werde nicht wieder verschwinden.“

Sie nickte langsam. „Okay.“

Sie verließ das Badezimmer und ging in ihr Schlafzimmer. Sie schlüpfte in ein Höschen und einen BH, suchte sich einen Rock und ein passendes Oberteil aus und schaute in den Spiegel, als Dylan gerade hinter sie trat. Ihre Blicke trafen sich im Spiegel.

„Du siehst wunderschön aus“, murmelte er.

Sie wusste, dass er sie schön fand. Daran zweifelte sie nicht. Aber sie war sich nicht so sicher, ob er dieses Mal wirklich bleiben würde oder ob sie wieder allein sein würde, ohne die Möglichkeit, Kontakt mit ihm aufzunehmen.

„Ich werde dich anrufen, das verspreche ich“, fügte Dylan hinzu.

„Du hast meine neue Handynummer nicht“, sagte sie und wandte sich ab, während ihr eine Idee in den Sinn kam. „Wo ist dein Handy?“

Er griff nach seiner Hose, die er aus dem Wohnzimmer mitgebracht hatte, und kramte in einer Tasche.

Sie streckte ihre Hand danach aus. „Ich werde sie einprogrammieren; du solltest dich lieber anziehen.“

„Ja, Ma’am.“ Er reichte ihr das Telefon.

Zara schüttelte kichernd den Kopf. „Wie lautet dein Code?“

Er lächelte sie an. „Er ist der gleiche wie damals.“

Ihr Herz machte einen Salto. Er benutzte immer noch ihr Geburtsdatum als Passcode, um sein Telefon zu entsperren? Sie spürte, wie ihr Tränen in die Augen stiegen und einen Moment lang zitterten ihre Hände. Dylan legte seine Hand auf ihre. Offensichtlich hatte er gemerkt, wie emotional sie auf so etwas Alltägliches reagierte.

„Ich habe jeden Tag an dich gedacht", flüsterte er.

„Ich habe auch an dich gedacht."

Als er sich abwandte, um sich anzuziehen, gab sie so schnell sie konnte ihre Handynummer ein, bevor sie eine andere App öffnete und das Notwendige eintippte, bevor sie zu ihrer eigenen Nummer zurückkehrte, um einen Anruf zu ihrem Handy zu tätigen. Ihr Handy klingelte aus dem Wohnzimmer, wo es sich noch in ihrer Handtasche befand. Sie hatte vergessen, es vor dem Schlafengehen auszuschalten, wie sie es normalerweise tat. Zara beendete den Anruf.

„Du hast jetzt meine Nummer, und ich habe deine", sagte sie und gab ihm das Telefon zurück, als er gerade in seine Schuhe schlüpfte.

Dylan nahm das Telefon und steckte es zurück in seine Tasche, bevor er einen Blick auf die Uhr auf dem Nachttisch warf. „Ich muss los, Baby. Kann ich dich irgendwo absetzen?"

Sie schüttelte den Kopf. „Ich muss mir noch die Haare machen."

„Soll ich auf dich warten?"

„Es ist nett von dir zu fragen, aber du weißt doch, dass das eine Weile dauert."

Er zog sie in eine Umarmung. „Na gut." Er küsste sie, eine Hand auf ihrem Nacken, eine um ihre Taille gelegt. Dieser Kuss fühlte sich nicht wie ein Abschiedskuss an. Er fühlte sich eher wie ein Auftakt zu etwas mehr an. Wie ein Versprechen, dass er zurückkommen würde und sie wieder ein Paar sein würden. Sie antwortete ihm mit der gleichen Inbrunst wie am Abend zuvor und zeigte ihm, dass sie ihn zurückhaben wollte, dass sie einen Neuanfang wollte.

Ein Geräusch wie ein leises Grollen kam von seinen Lippen und er löste seinen Mund von ihrem. „Verdammt, Zara, hast du eine Ahnung, was du mit mir anstellst?"

Er nahm ihre Hand und drückte sie über seinen Hosenschlitz, wo etwas Hartes sie begrüßte.

„Oh."

„Ja, oh.“

„Wie wäre es, wenn ich mich später darum kümmere?“

„Ja, unbedingt.“ Er drückte ihr noch einen schnellen Kuss auf den Mund, bevor er ihre Wohnung verließ.

6

____

Vor dem Eisentor des großen Herrenhauses am Stadtrand von Washington D.C. stand Dylan einen Moment lang und fragte sich, ob Ace ihm eine falsche Adresse gegeben hatte oder ob er sie sich nicht richtig eingeprägt hatte. Wenn er bedachte, was passiert war, sofort nachdem Ace das Café verlassen hatte, wäre es nicht allzu verwunderlich, dass sein Gehirn nicht in Höchstform war und sich wie ein Rührei anfühlte. Das Wiedersehen mit Zara nach so vielen Jahren hatte eine große Wirkung auf ihn gehabt. Es wäre klüger gewesen, die Nacht in dem Hotel zu verbringen, in dem er bei seiner Ankunft in D.C. übernachtet hatte, als in Zaras Armen. Allerdings konnte er weder ihre Begegnung bereuen noch konnte er sie wieder verlassen, und das warf alle möglichen Probleme auf, für die er im Moment noch keine Lösung hatte.

Eine Sache nach der anderen, beschwichtigte er sich selbst und griff nach der Türklingel neben der Messingtafel mit der Gravur _„Sober Living Rehabilitation Center – Betteln verboten"_. Doch bevor er klingeln konnte, ertönte ein Summer und das Tor wurde entsperrt. Er drückte dagegen und es öffnete sich. Bevor er eintrat, schaute er hoch und blickte in die Kamera, die oben an der Backsteinmauer angebracht war, die das Grundstück umgab. Jemand nahm seine Sicherheit sehr ernst.

Dylan ging den kurzen Weg hinauf zur Eingangstür der beeindruckenden Villa, umgeben von altem Baumbestand und Büschen. Die Tür öffnete sich und Ace erschien im Türrahmen.

Er nickte. „Du hast es geschafft." Ace trat beiseite. „Komm rein. Der Rest der Bande freut sich darauf, dich kennenzulernen."

Dylan blieb weiterhin auf der Hut, betrat das Haus und blickte sich im großen Foyer mit der geschwungenen Treppe, die in den zweiten Stock führte, um. Trotz der Größe strahlte das Haus eine gemütliche Atmosphäre aus. Er atmete ein. Vielleicht war es der Geruch von Kaffee und etwas Frischgebackenem, der ihm das Gefühl gab, bei jemandem zu Hause zu sein und nicht in einem sterilen Büro oder einer medizinischen Einrichtung.

„Schönes Haus", kommentierte er, während Ace ihn über die Diele zu einer angelehnten Tür führte.

„Danke." Ace hielt die Tür weiter auf.

Dylan schaute hinein und bemerkte zuerst die dunkelgrauen Wände, bevor er seinen Blick über die Schreibtische und Computermonitore schweifen ließ, an denen mehrere Leute arbeiteten. Er trat ein und Ace folgte ihm. Als sich die Tür hinter ihnen schloss, drehten die drei Männer ihre Köpfe in seine Richtung.

„Hey Leute, das ist Hawk", stellte Ace ihn vor, bevor er auf einen nach dem anderen zeigte. „Das ist Fox, unser Computergenie."

Er nickte Fox zu, der tatsächlich ein wenig nerdig aussah.

„Das ist Tiger", fuhr Ace fort und zeigte auf einen großen schwarzen Mann, der von seinem Stuhl aufgesprungen war. Er sah schlank aus und seine Bewegungen waren anmutig wie die einer Katze.

„Und das ist Yankee."

Der letzte Mann, den Ace vorstellte, sah aus, als wäre er auf jedem Laufsteg und Model-Fotoshooting zu Hause. Er sah nicht nur gut, er sah umwerfend aus, wie ein Filmstar oder ein Supermodel.

„Hey Leute, schön euch alle kennenzulernen", sagte Dylan und die drei Männer erwiderten seine Begrüßung genauso herzlich.

Dann wandte sich Dylan wieder Ace zu. „Also, wo fangen wir an?"

„Ich dachte, wir berichten dir, was wir bereits herausgefunden haben." Ace gab den anderen ein Zeichen und alle gingen zum ovalen Tisch in der Mitte des Raumes und nahmen ihre Plätze ein.

Fox brachte einen Laptop mit, legte ihn auf den Tisch, tippte auf ein paar Tasten und ein großer Monitor an der Wand gegenüber dem Tisch flackerte kurz auf, bevor er einen Desktop zeigte. Dylan hatte nicht einmal bemerkt, dass an der Wand ein Monitor montiert war. Er passte perfekt zur dunkelgrauen Farbe.

Alle setzten sich und Dylan nahm zwischen Ace und Fox Platz.

„Lass uns dich auf den neuesten Stand bringen", begann Ace. „Fox, die Fotos vom MRT-Gerät."

Fox tippte etwas auf seinem Laptop und auf dem Bildschirm erschienen Bilder eines großen medizinischen Gerätes.

„Sieht aus wie ein verdammt großes MRT-Gerät", kommentierte Dylan.

„Das liegt daran, dass es eigentlich etwas ganz anderes ist." Ace wandte ihm sein Gesicht zu. „Wir wissen, dass unser Feind versucht, einen Quantencomputer zu entwickeln, und die Daten, die er ihm einspeichert, stammen aus Gehirnscans von Agenten, die wie wir über präkognitive Fähigkeiten verfügen. Indem er dem Quantencomputer alles einspeist, was sich in unserem Gehirn befindet und unsere Vorahnungen hervorruft, erschafft er eine Maschine, die in der Lage sein wird, die Zukunft mit erstaunlicher Genauigkeit vorherzusagen."

„Wie erstaunlich?", fragte Dylan mit hochgezogenen Augenbrauen.

„99 Prozent", warf Fox ein.

Dylan atmete aus. „Irgendwas sagt mir, dass das keine gute Nachricht ist."

„Nein", sagte Ace. „Es würde unserem Feind unvorstellbare Macht verleihen."

„Wie macht er das? Ich meine die Gehirnscans. Ich gehe davon aus, dass sich niemand freiwillig meldet ..."

„Da hast du recht", antwortete Tiger und sah ihn über den Tisch hinweg an. Er zeigte auf das Bild auf dem Monitor. „Diese Maschine scannt das Gehirn. Aber sie ist so leistungsstark, dass sie, sobald alles gescannt ist, Brei aus deinem Gehirn gemacht hat. Dein Gehirn überlebt es nicht. Sie haben mich überlistet. Ich war bereits in dieser Maschine festgeschnallt und wäre gestorben, wenn diese Kerle –" Er zeigte auf die anderen Agenten. „– nicht rechtzeitig aufgetaucht wären, um mich zu retten."

„Scheiße", stieß Dylan hervor.

„Ja", sagte Ace. „Tiger hatte Glück. Aber Smith und Jones verfügen bereits über die Daten mehrerer unserer Agenten. River und Echo auf jeden Fall. Wir haben bestätigt, dass beide tot sind. Wir glauben, dass es noch mehr geben könnte."

„Smith und Jones? Wer sind sie?"

Das Bild an der Wand veränderte sich. Dylan betrachtete das Foto eines Mannes Mitte bis Ende fünfzig.

„Das ist Smith, wie er sich selbst gerne nennt, obwohl wir jetzt wissen, dass sein richtiger Name John Bancroft ist. Er ist derjenige, der die Operation leitet, Attentäter, Wissenschaftler und Schlägertypen anheuert, die die Drecksarbeit erledigen. Aber wir wissen, dass er nicht der Boss ist."

Dylan nickte und nahm die Informationen schnell auf, da er wusste, dass er viel nachholen musste. „Seid ihr sicher, dass er nicht der Anführer ist?"

„Absolut. Er ist kein Präkognitiver wie wir", beharrte Yankee. „Ich war ihm nahe genug. Ich hätte es gespürt."

„Dann also kein Kribbeln", sagte Dylan zu sich selbst. „Und warum glaubt ihr alle, dass unser Feind ein Präkognitiver ist?"

„Das muss er sein", sagte Ace. „Die Art von Informationen, die er hat, können nur von jemandem stammen, der über das Programm Bescheid wusste und über die gleichen Fähigkeiten verfügt wie wir. Er weiß Dinge, die er sonst nicht hätte wissen können. Und er weiß, dass die einzigen Menschen, die ihn daran hindern können, seine Ziele zu erreichen, wir sind."

Dylan nickte. „Sagen wir mal, dass eure Annahmen stimmen,

dann meint ihr also, dass er versuchen wird, so viele von uns wie möglich zu fangen, um unsere Gehirnscans in seine Maschine einzugeben, und diejenigen, die er nicht fangen kann, wird er töten, damit niemand übrigbleibt, der ihn aufhalten kann. Stimmt das so?"

„Das bringt es auf den Punkt", sagte Ace mit einem Nicken.

„Wisst ihr, was er mit dem Quantencomputer machen wird, wenn er fertig ist?"

Ace zuckte mit den Schultern. „Weltherrschaft?"

„Einen Krieg beginnen?", warf Yankee ein.

„Die Demokratie, wie wir sie kennen, beenden?", schlug Tiger vor.

„Such dir was aus", sagte Fox mit einem Schulterzucken. „Was auch immer er damit machen will, es wird zu einer schrecklichen Tragödie führen."

Yankee nickte. „Die Weltuntergangsvisionen. Ich gehe davon aus, dass du sie auch bekommst, Hawk?"

„Ja. Allerdings nur im Schlaf. Nicht während ich wach bin wie bei meinen anderen Visionen. Ich fand es immer seltsam." Dylan zuckte mit den Schultern. „Aber ich hatte nie jemanden, mit dem ich darüber reden konnte."

„Nun", sagte Tiger, „jetzt hast du uns." Er zeigte auf sich und die anderen. „Wir alle haben Visionen von massiven Explosionen, die sich unserer Meinung nach alle im D.C.-Gebiet ereignen. Und wir bekommen diese Visionen nur im Schlaf wie normale Alpträume."

Es bestätigte auch, was Dylan gesehen hatte. Und diese alptraumhaften Visionen wurden immer häufiger. „Ich sehe keine Explosion. Ich höre nur den lauten Knall. Dann prasselt Staub auf mich herab, Rauch füllt den Korridor, durch den ich renne, Leute schreien, alle fliehen ... überall ein Blutbad. Aber ich kann nicht sagen, in welchem Gebäude ich bin."

Ace zeigte auf Fox. „Fox hat herausgefunden, dass er sich zum Zeitpunkt der Explosionen in Smiths Haus in Fort Washington aufhält. Ich bin irgendwo auf einem Militärflughafen und sehe, wie Marines einen Sarg von oder zu einem Flugzeug tragen, als es zu einer Explosion kommt." Er neigte seinen Kopf in die Richtung von Tiger und Yankee. „Die beiden sind irgendwo in der Nähe des Capitols, wenn es passiert."

„Ich sehe das Weiße Haus zu dem Zeitpunkt, als hinter mir eine Explosion stattfindet", fügte Yankee hinzu.

„Und ich sehe tatsächlich, wie das Capitol explodiert", sagte Tiger.

„Hmm." Dylan rieb sich den Nacken. „Klingt das für euch nach der Handlung von *Designated Survivor*?"

Ace sah ihn an. „Das ist eine Möglichkeit. Aber das überlässt zu viele Dinge dem Zufall. Nein, ich glaube, Jones ist zu schlau, um etwas so Dramatisches zu tun."

„Warte", sagte Dylan und erinnerte sich plötzlich an etwas, das Ace nur wenige Augenblicke zuvor gesagt hatte. „Fox, du bist in Smiths Haus, ich meine, John Bancrofts Haus? Und ihr wisst, wo es ist? Habt ihr –"

„Ich bin dir weit voraus", unterbrach Fox. „Wir überwachen ihn, seit wir ihn vor ein paar Monaten identifiziert haben. Er arbeitet für die CIA, in einer leitenden Position. Aber bisher haben wir noch kein Treffen zwischen ihm und Jones gesehen. Höchstwahrscheinlich telefonieren sie nur."

„Ich gehe davon aus, dass ihr Bancrofts Telefon abhört, oder?"

Fox nickte. „Das tun wir. Aber er benutzt ein Wegwerfhandy, und das konnten wir noch nicht anzapfen." Er zeigte auf die vielen Computer im Raum. „Wir sind gut gerüstet, aber manche Dinge übersteigen sogar meine Fähigkeiten."

„Ja, und Michelles", fügte Yankee lachend hinzu.

Dylan horchte auf. „Wer ist sie? Ich wusste nicht, dass es weibliche Stargate-Agenten gibt."

„Du hast recht, es gibt keine", sagte Ace und grinste Fox an. „Aber Michelle ist keine Agentin, sie ist Fox' Freundin und eine ziemlich kluge Ex-Hackerin. Ich weiß nicht, was wir ohne sie tun würden. Du wirst sie später treffen."

Dylan sprang von seinem Stuhl auf und blickte Fox an. „Deine Freundin weiß davon? Was zum Teufel, Mann! Sie könnte uns alle in

Gefahr bringen! Zulu sagte nichts über die Beteiligung von Zivilisten. Das ändert alles."

„Hawk, setz dich wieder hin", sagte Ace mit einem autoritären Ton in seiner Stimme. „Alle unsere Freundinnen wissen, was wir hier machen. Und sie helfen uns, wo sie können." Er zeigte auf Tiger. „Ohne Olivia, Tigers Freundin, hätten wir Smiths wahre Identität nie herausgefunden. Und wenn Michelle nicht über so herausragende Hacking-Fähigkeiten verfügte, wären wir bei der Identifizierung dessen, was Jones plant, nicht so weit gekommen. Und wir könnten auch nicht diese ganze Operation mit dem Geld von Leuten finanzieren, die es verdienen, bestohlen zu werden."

Langsam setzte sich Dylan wieder hin. „Also, Olivia und Michelle, sie helfen euch?"

„Ja", sagte Ace mit einem Nicken. „Und Lilly, Yankees Freundin, ist Ärztin. Sie hilft uns also bei allem, was die medizinische Seite betrifft."

„Das ist auch gut so", sagte Yankee, „denn Aces Verlobte steht kurz vor der Entbindung."

Ace grinste plötzlich von einem Ohr zum anderen. „Ja, das kann jetzt jeden Tag passieren."

Fassungslos starrte Dylan alle vier Männer an. Sie waren wie er auf der Flucht, hatten es aber geschafft, sich ein Privatleben und ein gewisses Glück zu erkämpfen. Bedeutete das, dass es eine Chance gab, dass er und Zara das auch haben könnten? Könnten auch sie wieder ein Paar sein, obwohl er immer noch im Verborgenen leben musste? Aber wie hatten Ace, Fox, Yankee und Tiger das geschafft? Wie konnten sie unter dem Radar ihrer Feinde bleiben?

Dylan schüttelte den Kopf, mehr zu sich selbst als zu den anderen. „Wie macht ihr das? Wie sorgt ihr für die Sicherheit eurer Frauen?"

„Wir behalten sie scharf im Auge", sagte Tiger grinsend.

Ace lachte. „Ja, ich bemerke dieses scharfe Auge jeden Morgen, wenn ihr zum Frühstück herunterkommt."

Überrascht sah Dylan Tiger an. „Du wohnst hier?"

„Das tun wir alle", sagte Tiger und zeigte auf die anderen. „Zusammen mit unseren Freundinnen."

„Ja, sogar Michelle und ich sind vor einiger Zeit eingezogen. Davor hatten wir ein Safehouse in der Stadt, aber angesichts der Tatsache, dass wir die Überwachung von Bancroft verstärkt haben und jeden wachen Moment hier verbringen, dachten wir, wir könnten genauso gut auch hier schlafen."

„Klingt wie eine Kommune", sagte Dylan. „Und das Haus? Wem gehört das?"

„Mir", sagte Ace. „Es gehörte meinem Vater. Ich bin hier aufgewachsen. Und bevor du fragst: Nein, das Haus ist nicht unter meinem Namen eingetragen. Es gehört einem Treuhandfond, sodass niemand herausfinden kann, wo ich bin, und –"

„– und das ist auch der Grund, warum wir noch nicht verheiratet sind", sagte eine Frau von der Tür aus.

Dylan drehte sich zu ihr um. Die Frau war wunderschön, hatte dunkles Haar und einen so runden Bauch, dass er sofort wusste, wer das war: Aces schwangere Verlobte. Weder Ace noch Yankee hatten Witze gemacht: Sie sah tatsächlich so aus, als würde sie jeden Moment das Baby zur Welt bringen.

„Phoebe." Ace sprang auf und eilte auf sie zu. „Habe ich dir nicht gesagt, du sollst deine Füße hochlegen?"

Als Dylan zusah, wie Ace seinen Arm um Phoebe legte, lächelte er in sich hinein. Ein ehemaliger Stargate-Agent konnte tatsächlich Liebe finden. Es gab doch Hoffnung auf eine Zukunft. Aber zuerst mussten sie den mysteriösen Mr. Jones finden.

7

___

Zara betrat das Großraumbüro im Dirkson-Senatsgebäude, das sie mit drei anderen Mitarbeitern teilte. Nicky und Ben standen bei der Kaffeemaschine und schwatzten, während Clara damit beschäftigt war, die Post zu öffnen und in verschiedene Körbe zu sortieren.

„Morgen!“

Nicky und Ben erwiderten den Gruß.

Clara schaute auf. „Verschlafen?“

„Mein Wecker war auf stumm gestellt“, log Zara. „Ist er schon da?“

Sie zeigte mit dem Kopf in Richtung des Senatorbüros. Sie kam selten zu spät, aber sie wusste, dass ihr neuer Chef streng war, wenn es um Pünktlichkeit ging. Der alte Senator, der erst einen Monat zuvor sehr unerwartet gestorben war, war sehr *laissez-faire* gewesen, vielleicht weil er fast dreißig Jahre lang im Amt gewesen war und nichts mehr beweisen musste. Es war ein Vergnügen gewesen, für ihn zu arbeiten.

„Sunny Boy hat ein Frühstückstreffen. Aber er wird jeden Moment zurück sein“, antwortete Clara. „Du hast Glück. Du kannst so tun, als würdest du schon stundenlang schuften. Ich werde nichts verraten.“

„Du solltest ihn nicht so nennen“, warf Ben ein. „Das ist respektlos.“

Clara schnaufte. „Wer Respekt haben will, muss ihn sich verdienen. Und bis jetzt hat er das nicht getan."

„Nur weil er nicht gewählt, sondern ernannt wurde, heißt das nicht, dass er unseren Respekt nicht verdient", fügte Ben hinzu. „Außerdem ist er nicht der erste Senator, der berufen und nicht gewählt wurde."

„Ich vermisse seinen Vater", sagte Zara und versuchte damit, das Gespräch in sicherere Gewässer zu lenken. „Er war ein guter Mann."

„Das war er", sagte Clara. Sie seufzte. „Und ich sage ja nicht, dass sein Sohn kein guter Mann ist. Ich bin einfach gegen die ganze Vorstellung, dass er den Senatssitz seines Vaters quasi geerbt hat, ohne sich zur Wahl stellen zu müssen."

„Aber er wird sich doch bald zur Wahl stellen", sagte Nicky, während sie sich eine Tasse Kaffee einschenkte. „Die Amtszeit seines Vaters läuft in sieben Monaten aus."

„Genau", sagte Ben mit Nachdruck. „Die Wähler werden früh genug ein Mitspracherecht bekommen. Es wäre schlimm gewesen, wenn der Gouverneur von Idaho den Sitz freigelassen hätte. Es gibt viel zu viele wichtige Gesetzesentwürfe, für die seine Stimme benötigt wird. Unsere Partei hat dafür eine zu knappe Mehrheit."

Zara zog ihre Jacke aus und hängte sie über die Stuhllehne, bevor sie ihre Handtasche in eine der Schubladen ihres Schreibtisches stopfte. Sie mochte Clara und Nicky, aber Ben konnte sie nur in kleinen Dosen vertragen. Er war der typische ehrgeizige Mitarbeiter, der alles tun würde, um aufzusteigen und die richtigen politischen Kontakte zu knüpfen, die ihm später in seiner Karriere helfen würden. Er schämte sich nicht, sich bei irgendjemandem einzuschleimen, nur um weiterzukommen.

Für Zara erfüllte ihr Job nur einen Zweck: ihren Lebensunterhalt zu verdienen und in Washington D.C. zu bleiben, anstatt in einen ruhigen Vorort zu ziehen. Die Arbeit war nicht schwierig und bestand hauptsächlich darin, die Korrespondenz des Senators zu bearbeiten und Clara dabei zu helfen, Meetings für ihn zu organisieren. Sie verbrachte auch viel Zeit damit, Telefonanrufe von Wählern entgegenzunehmen und herauszufinden, welche Themen dem Senator zur Kenntnis gebracht werden mussten.

Zara schnappte sich den Stapel Post, den Clara bereits auf ihrem Schreibtisch abgelegt hatte, begann ihn zu lesen und überlegte, wie sie antworten sollte. Als sie den halben Stapel durchgesehen und sich dabei Notizen gemacht hatte, öffnete sich die Tür zum Büro und der Senator trat ein.

„Morgen", begrüßte er alle fröhlich und alle grüßten zurück.

Er war ein gut aussehender Mann Anfang vierzig. Sein Aussehen ähnelte stark dem seines Vaters: ein kräftiges Kinn, schokoladenbraune Augen, eine große, athletische Statur. Sein Haar war dunkelbraun und voll, während sein Vater zum Zeitpunkt seines Todes fast vollständig ergraut gewesen war. Auf dem Kopf des jungen Senators war kein einziges graues Haar zu finden, weshalb sich Zara fragte, ob er seine Haare färbte, um noch jugendlicher und männlicher auszusehen. Sein dunkelblauer Anzug mit der Anstecknadel, die ihn als Mitglied des US-Senats auswies, sah nicht aus, als wäre er von der Stange. Seine schicken Manschettenknöpfe bestätigten diese Annahme nur noch mehr.

„Clara", sagte er und ging zu deren Schreibtisch. „Ist irgendetwas passiert, während ich weg war?"

„Sie hatten ein paar Anrufe", sagte sie und blickte auf einen Notizblock. „Ihr Treffen mit dem Sprecher des Repräsentantenhauses wurde auf 11 Uhr verschoben, und der Mehrheitsführer im Senat möchte mit Ihnen über die *pro-tempore*-Wahl sprechen."

„Danke, Clara. Ich glaube, ich habe heute keine Zeit für den Mehrheitsführer im Senat. Können Sie herausfinden, ob es morgen oder übermorgen passt?"

„Es klang dringend", fügte Clara hinzu.

„Alles ist dringend", sagte er kopfschüttelnd. „Er kann ein oder zwei Tage warten."

Der Senator marschierte zu seinem Büro. Zara nahm eine Rechnung aus dem angekommenen Poststapel und erhob sich. „Senator?"

Er wandte sich ihr zu. „Ja?"

„Ich habe diese Stromrechnung erhalten", sagte Zara, ging auf ihn zu und drehte die Rechnung um, damit er sie sehen konnte. „Sie ist ziemlich hoch und an Ihren Vater adressiert, aber ich kenne die Adresse nicht. Sie ist nicht für die Wohnung, die er in D.C. hatte. Oder hatte er noch andere Immobilien in D.C., die mir nicht bekannt sind?"

„Lassen Sie mich sehen." Er nahm ihr die Rechnung aus der Hand und betrachtete sie. „Oh, das ist nicht an meinen Vater gerichtet." Er zeigte auf die Adresse. „Das ist für mich bestimmt."

„Okay", sagte Zara und griff danach. „Ich werde sie bezahlen."

Er gab ihr die Rechnung nicht. „Nicht nötig. Das ist eine Rechnung, die ich aus meinem Privatkonto bezahlen muss, nicht aus denen der Steuerzahler. Ich kümmere mich darum."

„In Ordnung." Zara nickte, dann fiel ihr etwas ein. „Oh, und soll ich Ihnen den Weg zum Büro des Sprechers zeigen, da Sie noch neu sind? Als ich hier zu arbeiten anfing, brauchte ich Monate, um mich im Capitol zurechtzufinden."

Er lächelte, und Zara konnte sich vorstellen, dass sein charmantes Lächeln viele Wähler davon überzeugen würde, ihre Stimme für ihn abzugeben. „Das ist so nett von Ihnen, Zara. Aber das wird nicht nötig sein. Obwohl es kaum einen Monat her ist, seit ich als Nachfolger meines Vaters angetreten bin, kenne ich mich hier gut aus. Ich habe als Kind und junger Erwachsener viel Zeit sowohl im Senatsgebäude als auch im Capitol verbracht, wann immer ich meinen Vater besuchte. Er hat mir jeden Winkel gezeigt." Er zwinkerte. „Ich wette, ich kenne sogar ein paar geheime Verstecke, die Sie noch nie gesehen haben."

„Da haben Sie wahrscheinlich recht. Ich habe nur ein Jahr für Ihren Vater gearbeitet. Es fühlt sich an, als wäre überhaupt keine Zeit vergangen, seit ..." Sie unterbrach sich, weil sie nicht sentimental werden wollte.

Er lächelte sie an, bevor er sich umdrehte, sein Büro betrat und die Tür hinter sich schloss.

Es war Nachmittag, als Nicky ins Büro stürmte, nachdem sie Unterlagen an ein anderes Senatsbüro geliefert hatte. Sie war außer Atem, als wäre sie gerannt.

„Schalte den Fernseher ein", forderte sie Ben auf, der an einem Aktenschrank neben dem an der Wand montierten Bildschirm stand.

Durch Nickys eindringliche Stimme alarmiert, blickte Zara von ihrem Computer auf und starrte sie an. Ben schaltete den Fernseher ein und Nicky zeigte auf die Nachrichtensendung. „Da!"

Zara las das Laufbanner mit der Einleitung *„Breaking News"* am unteren Bildschirmrand, und ihr Herz schlug plötzlich bis zum Hals. *Sohn der Vizepräsidentin schwer verletzt.*

Ben drehte die Lautstärke auf, als sich die Tür zum Büro des Senators öffnete und sowohl er als auch Clara herauskamen.

„Wir haben jetzt die Bestätigung, dass David Grossman, der Sohn von Vizepräsidentin Miriam Grossman, bei einem Friendly-Fire-Vorfall in Afghanistan schwer verletzt wurde", berichtete der Nachrichtensprecher.

Alle im Büro schnappten schockiert nach Luft.

„David Grossman, ein Sergeant der US-Armee, befindet sich in kritischem Zustand und wird nach Ramstein, Deutschland, geflogen, um im Armeekrankenhaus in Landstuhl behandelt zu werden. Die Vizepräsidentin und der Präsident erhielten die Nachricht vor einer Stunde. Laut Quellen im Weißen Hauses werden derzeit Vorkehrungen getroffen ..."

„Schalten Sie es bitte auf stumm, Ben", befahl der Senator. Während Ben seinen Anweisungen folgte und den Fernseher stummschaltete, fuhr er fort: „Nicky, finde heraus, welches Geschenk wir am besten der Vizepräsidentin schicken könnten, um ihr zu zeigen, dass wir hoffen, dass ihr Sohn bald wieder gesund wird."

„Wie?", fragte Nicky.

„Googeln Sie es oder fragen Sie Siri, das ist mir egal, machen Sie es einfach", schnappte er.

Nicky setzte sich an ihren Schreibtisch und tippte etwas auf ihrem Computer.

„Clara, rufen Sie den Stabschef der Vizepräsidentin an, damit ich meine tief empfundenen Besserungswünsche übermitteln kann."

„Senator, denken Sie nicht, dass das ein bisschen viel ist? Ich meine, Sie haben Vizepräsidentin Grossman nur ein einziges Mal bei Ihrer Einschwörung getroffen. Ich bin sicher, dass der Mehrheitsführer im Senat im Namen von allen –"

„In solchen Momenten", unterbrach er sie, „müssen wir handeln. Wir können nicht darauf warten, bis jemand anderes eine Entscheidung für uns trifft. Ein Anführer muss führen."

Zara bemerkte, dass Clara die Augenbrauen hochzog, beschloss jedoch, sich nicht einzumischen. Für einen Senator, der noch nicht einmal einen Monat im Amt war und den Präsidenten und die Vizepräsidentin nicht wirklich kannte, war es ein wenig voreilig, einen solchen Schritt zu wagen, wenn es doch die Aufgabe des Mehrheitsführers im Senat war, seine Unterstützung der Vizepräsidentin gegenüber zu zeigen. Nur jemand, der auffallen wollte, trat dem Mehrheitsführer im Senat auf die Füße.

„Was kann ich tun, Senator?", fragte Ben und zeigte dabei seinen üblichen Eifer, sich bei seinem Chef einzuschleimen.

„Finden Sie heraus, was in Afghanistan passiert ist, und berichten Sie mir darüber. Wir müssen eine Untersuchung dieses Vorfalls einleiten."

„Natürlich, Sir, sofort, Sir!"

„Zara, kontaktieren Sie den Vorsitzenden des Senatsausschusses für Streitkräfte und vereinbaren Sie ein Treffen mit ihm, um die Einleitung einer Ermittlung zu besprechen."

Zara nickte, obwohl sie wusste, dass ihr Chef nicht Mitglied des Ausschusses war und es nicht seine Aufgabe war, eine Ermittlung einzuleiten. Offensichtlich war er genauso darauf bedacht, die richtigen Leute zu beeindrucken, wie Ben. Und genau wie Claras Protest nirgendwohin geführt hatte, würde auch Zaras Protest nichts ändern, also machte sie sich nicht einmal die Mühe, zu widersprechen. Sie machte sich um Wichtigeres Sorgen als darüber, ob der Junior-

Senator von Idaho anderen Senatoren, die schon viel länger im Amt waren als er, auf die Füße trat.

„Ich mache mich gleich dran", sagte Zara, ging zu ihrem Schreibtisch und setzte sich.

Keine einzige Person in ihrem Büro hatte ein Wort darüber verloren, wie sich die Vizepräsidentin fühlen musste, weil ihr Sohn schwer verletzt eine halbe Welt entfernt war. Es kümmerte sie nur, wie sie sich in dieser Situation verhalten mussten, um in den Augen von Vizepräsidentin Grossman und Präsident Mansfield gut auszusehen.

Das war eine Seite in der Politik, die sie zu hassen begann. Sie war naiv gewesen, als sie sich entschieden hatte, für den US-Senat zu arbeiten. Sie hatte gedacht, sie würde dem Volk der Vereinigten Staaten dienen, während sie in Wirklichkeit Politikern und politischen Akteuren diente, die nur auf ihr eigenes Wohl bedacht waren. Vielleicht war sie für so einen Job doch nicht geeignet.

Sie holte tief Luft. Vielleicht war sie heute einfach ein wenig ungeduldig und wollte diesen Tag hinter sich bringen, damit sie Dylan wiedersehen konnte. Es gab immer noch so viele Dinge, die er nicht erklärt hatte, so viele Dinge, über die sie sprechen mussten, denn wenn er eine zweite Chance wollte und wenn sie die auch wollte, mussten sie einer Meinung sein. Keine Geheimnisse mehr. Keine Lügen mehr. Sie würde nur ein offenes Buch akzeptieren.

8

Es wurde Nachmittag, bis Ace und die anderen ehemaligen CIA-Agenten Dylan alle Informationen übermittelt hatten, die sie hatten sammeln können. Dylan war beeindruckt.

„Sieht so aus, als lohne es sich, zusammenzuarbeiten", kommentierte er. „Fox, du hast vorhin erwähnt, dass du eine Liste von Stargate-Agenten aus Langley stehlen konntest. Kann ich sie sehen?"

Fox nickte. „Lass es mich auf den großen Monitor werfen. Vielleicht erkennst du ja jemanden." Während er etwas auf seiner Tastatur tippte, wandte sich Dylan an Ace.

„Ich gehe davon aus, dass ihr alle die Liste schon durchgegangen seid. Hat jemand von euch jemand anderen erkannt?"

„Nur ein paar von denen, die jetzt tot sind", antwortete Ace und deutete dann auf Yankee. „Und dieser Joker sieht seinem eigenen Foto nicht mal ähnlich."

„Was soll das heißen?", fragte Dylan.

Yankee grinste. „Ich wollte in Washington D.C. bleiben, deshalb habe ich mich einer Schönheitsoperation unterzogen, damit mich niemand erkennt."

Dylan schüttelte den Kopf. „Und da dachte ich, du wärst von Geburt an mit diesem schönen Aussehen gesegnet."

„Vorher sah ich auch nicht schlecht aus."

Alle lachten, als Fox auf den großen Bildschirm an der Wand deutete. „Da ist die Liste. Nimm dir Zeit."

Fox rollte seinen Stuhl vom Laptop weg und Dylan setzte sich auf den Stuhl neben ihm und rutschte näher heran, damit er die Maus benutzen konnte. Während die anderen drei Männer herumstanden und ebenfalls auf den Bildschirm schauten, scrollte Dylan durch die Aufzeichnungen. Die Liste war schlicht gehalten. Auf jeder Aufzeichnung waren lediglich ein Foto, der richtige Name sowie der Codename der Person und etwaige besondere Fähigkeiten vermerkt. Die Liste war alphabetisch nach Codenamen geordnet, wobei Ace an erster Stelle stand. Zuvor hatte Ace ihm erzählt, dass er Sheppards erster Stargate-Agent gewesen sei und dass ihre Beziehung seit der Zeit, als Sheppard Ace aus einem Waisenhaus in Virginia adoptiert hatte, sehr eng gewesen sei.

Dylan scrollte durch die Liste. Als er bei dem Verzeichnis für Echo ankam, las er die rote Überschrift: *Tot,* hieß es da.

„Was ist mit ihm passiert?", fragte er mit einem Seitenblick auf Fox.

Yankee antwortete an Fox' Stelle: „Er wechselte auf die andere Seite. Sie benutzten ihn. Als ich ihn fand, lag er bereits im Sterben. Sie haben ihn in diese Maschine gesteckt und sein Gehirn gebraten, obwohl ich das damals noch nicht wusste." Yankees Stimme klang abgehackt.

„Du kanntest ihn persönlich?"

„Ja."

Da Yankee nichts anderes preisgab, scrollte Dylan weiter. Als Nächstes folgten Fox' Daten. Dylan fiel auf, dass das Foto ziemlich alt war und dass Fox' Haarschnitt jetzt anders war, länger, und seine Gesichtsmuskeln sahen ausgeprägter aus, schärfer und kantiger.

„Auf dem Foto siehst du viel jünger aus", kommentierte Dylan. „Weißt du, wann diese Fotos aufgenommen wurden?"

„Hey, wir sind alle gealtert", sagte Fox. „Und ich sehe jetzt sowieso viel besser aus."

Dylan schmunzelte.

„Die Fotos in der Liste stammen aus der Zeit der Einstellung", erklärte Ace. „Je früher du eingestellt wurdest, desto älter ist dein Foto."

„Ich verstehe." Er scrollte weiter durch die Liste. „Kein Wunder, dass einige dieser Kerle so aussehen, als hätten sie kaum das College abgeschlossen."

„Wann bist du dem Programm beigetreten?", fragte Tiger.

„Vor etwa zwölf Jahren." Er wollte noch etwas hinzufügen, als er auf das Bild starrte, das gerade auf dem Bildschirm erschienen war. „Ja, hallo", sagte Dylan leise und wandte sich an Fox. „Warum enthält diese Liste Agenten, die das Programm Jahre vor Sheppards Ermordung verlassen haben?"

Alle Augen waren auf ihn gerichtet und Ace trat näher. „Wie meinst du das?"

Dylan zeigte auf den Bildschirm, auf dem das Foto eines jungen Mannes mit militärisch kurz geschnittenem Haar zu sehen war, der stoisch in die Kamera starrte, den Kiefer angespannt, die Augen ausdruckslos.

„Das ist Polo. Er wurde zur gleichen Zeit wie ich rekrutiert. Aber er schied sechs Monate später aus."

„Bist du sicher?"

„Absolut. Ich erkenne dieses Gesicht. Ich habe ihn nur ein paar Mal getroffen, aber er hat mir immer eine Gänsehaut bereitet."

„Erzähl mir alles, was du über ihn weißt." Ace zeigte auf Fox. „Mach Notizen."

Dylan zuckte mit den Schultern. „Ich weiß nicht viel über ihn. Aber ich weiß, dass er sich wie wir alle einer psychologischen Untersuchung unterziehen musste. Sein Profil kam zurück und zeigte, dass er instabil war und eine Borderline-Persönlichkeitsstörung hatte. Der Typ war völlig verrückt und ein totaler Narzisst."

„Woher weißt du das alles?", fragte Ace. „Sheppard behielt diese Dinge für sich."

„Ich habe mich mit Sheppard getroffen, als er gerade den Bericht über Polo gelesen hatte. Er schien schockiert zu sein und ich glaube, er musste es jemandem erzählen. Er erzählte mir, dass er Polo aufgrund seiner präkognitiven Fähigkeiten zwar gerne im Programm behalten wollte, aber dennoch befürchtete, dass der Mann eine Gefahr für alle darstellte. Vor allem, weil seine präkognitiven Fähigkeiten außergewöhnlich ausgeprägt waren."

„Besser als die aller anderen im Programm?", fragte Ace.

Dylan nickte. „So habe ich es verstanden."

„Wenn Polo aus dem Programm hinausgeworfen wurde", warf Tiger ein, „und es stimmt, dass er eine Borderline-Persönlichkeit ist, dann hätte er seine Entlassung persönlich genommen."

Ace nickte. „Ja. Er würde der Person wehtun wollen, die ihn abgelehnt hat."

„Sheppard", sagte Dylan. „Wahrscheinlich mag er auch die Agenten, die im Programm blieben, nicht besonders. Er dachte vielleicht, sie hätten es nicht verdient."

„Besonders nicht, wenn seine Fähigkeiten unseren überlegen sind", fügte Fox hinzu.

„Da hast du recht", sagte Ace. „Wir haben immer vermutet, dass unser Gegner ein anderer Präkognitiver ist, denn nur jemand mit unserer Gabe wäre in der Lage, uns immer einen Schritt voraus zu sein. Zumindest gingen wir davon aus, dass einer der Stargate-Agenten unserem Gegner half, aber wenn es stimmt, was du über Polos Charakter sagst, dann ist er nicht jemand, der Befehle von jemand anderem entgegennimmt. Er wäre derjenige, der die Befehle erteilt."

„Das können wir nicht mit Sicherheit wissen", warnte Yankee. „Obwohl ich der Meinung bin, dass wir uns mit Polo befassen müssen."

„Vertrau mir, Yankee", sagte Dylan. „Wenn du den Kerl jemals persönlich getroffen hättest, würdest du auch das Gefühl haben, dass er genau der Typ ist, der alles daran setzen würde, sich für diese vermeintliche Kränkung zu rächen."

„Das ist die beste Spur, die wir haben", fügte Fox hinzu. „Aber er wird nicht leicht zu finden sein."

„Wir haben seinen Namen und sein Foto", sagte Tiger und zeigte auf den Bildschirm.

Fox tippte etwas auf seiner Tastatur. „Wisst ihr, wie viele Männer namens James Johnson in den USA leben?"

Tiger zuckte mit den Schultern.

„26 850. Das ist ein ganzer Haufen." Fox zeigte auf den Bildschirm. „Und das Foto ist alt. Ich bezweifle, dass er diesen militärischen Haarschnitt beibehalten hat."

„Militärischer Haarschnitt?", fragte Dylan und dachte an etwas. „Könntest du überprüfen, wie viele Männer namens James Johnson vor etwa zwölf bis fünfzehn Jahren beim Militär waren?"

„Ich kann auf jeden Fall eine Suche durchführen. Michelle kann mir helfen, mich in das System zu hacken."

„Wie wäre es mit Gesichtserkennung?", fragte Dylan. „Habt ihr dafür ein System? Ich meine, ja, sein Haar könnte jetzt anders sein und er ist gealtert, aber bestimmte Dinge ändern sich nicht, wisst ihr, der Abstand zwischen seinen Augen, die Form und Länge seiner Nase, seine Ohren ... das könnte fast wie ein Fingerabdruck sein, wenn wir das mit anderen Fotos vergleichen könnten, oder?"

„Klar können wir das machen. Michelle und ich können einige Suchvorgänge einrichten und das System die Arbeit für uns erledigen lassen, aber ich kann dir gleich sagen, dass es ein paar Tage dauern wird, bis wir Ergebnisse erhalten", warnte Fox.

Ace nickte. „Lass es uns einrichten. Sucht sein Foto und seinen Namen in den Militärdatenbanken und richtet die Gesichtserkennung für alle anderen Quellen ein. Bedenkt, dass er möglicherweise nicht seinen richtigen Namen behalten hat und jetzt unter einem falschen Namen lebt. Unser bester Anhaltspunkt ist sein Foto, auch wenn es schon zwölf Jahre alt ist."

„Könnte man nicht mithilfe einer Alterungs-Software herausfinden, wie er jetzt aussehen könnte?", warf Yankee ein. „Ich meine, vorausgesetzt, er hat sich nicht wie ich einer Schönheitsoperation unterzogen?"

„Du meinst, er könnte jetzt genauso hübsch sein wie du?", fragte Tiger schmunzelnd.

Yankee grinste. „Bist du neidisch auf mein gutes Aussehen?"

Tiger verdrehte einfach die Augen.

Dylan beobachtete den Austausch und lächelte in sich hinein. Die Kameradschaft zwischen den vier Männern zeigte sich in der Art und Weise, wie sie sich gegenseitig unterstützten und nahtlos zusammenarbeiteten. Das hatte er in den Jahren, in denen er sich im pazifischen Nordwesten versteckt hielt, vermisst. Es war gut, mit Menschen zusammen zu sein, die ein gemeinsames Ziel und die gleichen Fähigkeiten hatten.

Als Ace ihn eingeladen hatte, sich ihnen anzuschließen, hatte Dylan sich gefragt, wie lange es dauern würde, bis er den anderen Stargate-Agenten völlig vertraute. Er hatte angenommen, dass es Wochen dauern würde, bis er sich in ihrer Gegenwart entspannen würde. Er hatte nicht damit gerechnet, dass die Eingliederung so reibungslos vonstattengehen würde. Das Vertrauen zu ihnen kam fast von selbst. Dieses Gefühl hatte er seit Sheppards Tod nicht mehr gehabt. Zum ersten Mal seit vier Jahren fühlte er sich unter Fremden zu Hause, als hätte er plötzlich erfahren, dass er vier Brüder hatte. Denn genau das waren sie: Brüder unterschiedlicher Eltern, verbunden durch ihre Gabe der Vorahnung und vereint durch ihr gemeinsames Ziel, Gerechtigkeit für ihren ermordeten Anführer zu erlangen, damit sie alle in Frieden leben konnten. Bald. Sehr bald, hoffte er.

9

———————

„M r. Jones?"

Die männliche Stimme wurde von einem Knistern in der Leitung begleitet.

„Das Paket ist auf dem Weg zu Ihnen", antwortete er. „Sie wissen, was zu tun ist?"

„Sind Sie sicher, Sir?" Der andere Mann räusperte sich. „Es kann nicht rückgängig gemacht werden."

Wut stieg in ihm hoch. Er hasste es, wenn Leute seine Entscheidungen hinterfragten. Sie kannten die ganze Geschichte nicht und hatten keine Ahnung, wie wichtig jedes einzelne Rädchen in der Maschine war, um das gewünschte Ergebnis zu erzielen. Nur er tat es. Das war der Grund, warum er der Boss war. Er gab die Befehle.

„Dessen bin ich mir bewusst", brachte er hervor. „Wenn Sie kalte Füße bekommen haben, werde ich jemand anderen damit beauftragen, Ihre Arbeit zu erledigen. Aber dann können Sie von mir auch keinen Gefallen erwarten, wenn Sie einen brauchen. Ich will nichts mit Leuten zu tun haben, die sich nicht an den Plan halten können."

„Nein, nein, Sir, natürlich werde ich mich darum kümmern. Ich wollte nur sicherstellen, dass das immer noch der Plan ist." Seine Worte purzelten geradezu aus seinem Mund, als er rückwärts ruderte, um weiterhin in seiner Gunst zu bleiben. „Es wird genauso gemacht, wie Sie es aufgetragen haben."

„Gut. Ich bin froh, dass wir uns verstehen. Achten Sie darauf, den Zeitplan einzuhalten. Das ist ausschlaggebend. Verzögerungen bei der Lieferung können wir uns nicht leisten."

„Ich verspreche es, Sir! Der Zeitpunkt wird kein Problem darstellen. Alles ist bereit. Ich brauche nur Ihr Einverständnis."

Er verdrehte die Augen. Er verachtete Menschen, die so offen krochen. Er könnte niemals jemanden respektieren, der keine Selbstachtung hatte und so schnell einen Rückzieher machte. Aber er brauchte solche Leute. Sie erledigten die Drecksarbeit und konnten beseitigt werden, wenn sie nicht mehr benötigt wurden. Er war nicht dumm genug, inkriminierende Dinge zurückzulassen. Am Ende würde alles ordentlich aufgeräumt sein und niemand würde je etwas davon erfahren.

„Sie haben meine Erlaubnis. Wenn es vollbracht ist, zerstören Sie Ihre SIM-Karte und das Telefon und entsorgen Sie es. Es erfolgt keine weitere Kommunikation zwischen uns. Verstanden?"

„Jawohl."

Ohne sich zu verabschieden, beendete er das Gespräch. Morgen würden sich die Räder, die er in Bewegung gesetzt hatte, schnell drehen und ihn in die Richtung des Ziels katapultieren, auf das er in den letzten Jahren hingearbeitet hatte. Endlich war es soweit. Alles war bereit. Bald würde er über die Macht verfügen, die er brauchte, um die Menschen zu vernichten, die ihm Unrecht getan hatten. Sie würden wie Ameisen unter seinen Schuhen sein: unbedeutend, machtlos und tot.

10

———

Zum x-ten Mal schaute Zara auf das Display ihres Handys, aber es gab keine Textnachrichten und keine verpassten Anrufe von Dylan. Mied er sie?

Sie hatte lange gearbeitet, da die Nachricht über den Sohn der Vizepräsidentin dazu geführt hatte, dass sie sich mit zusätzlicher Korrespondenz, Anrufen und Besprechungen herumschlagen musste. Aber jetzt war es Abend und sie wollte Dylan sehen. Sie war enttäuscht – und verletzt, das konnte sie sich eingestehen –, dass er sie noch nicht angerufen hatte. Hatte er wie damals D.C. wieder wortlos verlassen?

Nun, dieses Mal würde er sie nicht so leicht abschütteln. Sie hatte sich auf diese Situation vorbereitet. Entschlossen, nicht den ganzen Abend damit zu verbringen, auf seinen Anruf zu warten, navigierte sie zu einer ihrer Apps und öffnete sie. Sie tippte in der App auf Dylans Namen und innerhalb von Sekunden erschien eine Karte mit einem Punkt, der Dylans Standort angab – oder besser gesagt, den Standort seines Mobiltelefons. Sie zoomte ein wenig heraus. Der Punkt zeigte an, dass er sich am Stadtrand von Washington D.C. befand. Als sie die Karte überprüfte, stellte sie fest, dass die nächste U-Bahn-Station zu weit von seinem Standort entfernt war und sie nicht die Absicht hatte, im Dunkeln durch ein unbekanntes Viertel zu laufen. Es war besser, wenn sie das Auto nahm.

Zara ging zurück in ihre Wohnung, holte ihr Auto aus der Tiefgarage, gab dann Dylans Standort in ihr GPS ein und fuhr los. Es dauerte eine Weile, bis sie es schaffte, aus der Innenstadt herauszukommen, aber je weiter sie nach Norden fuhr, desto weniger Verkehr begegnete sie. Ab und zu konsultierte sie ihr Mobiltelefon, um sicherzustellen, dass Dylan immer noch am selben Ort war, als sie endlich ihr Ziel erreichte.

Zara hielt das Auto an und stellte den Motor ab. Aber sie stieg noch nicht aus. Stattdessen schaute sie sich um, um die Umgebung einzuschätzen. Entlang der von Bäumen gesäumten Straße standen viele große Einfamilienhäuser. Viele Häuser waren von hohen Zäunen umgeben, sodass sie kaum erkennen konnte, was dahinter lag. Auf der Straße parkten ein paar Autos, aber sie sah keine Fußgänger. Höchstwahrscheinlich fuhren die Bewohner dieser Gegend überallhin mit dem Auto, anstatt zu Fuß zu gehen.

Zara öffnete die Autotür und stieg aus, dann schloss sie das Auto ab, bevor sie zu dem Haus ging, das ihre App als Dylans Aufenthaltsort identifizierte. Die große Villa war von einer hohen Backsteinmauer umgeben, trotzdem konnte sie das Haus sehen, da das Tor aus Schmiedeeisen bestand und ihr einen Blick auf das Grundstück ermöglichte. Hinter mehreren Fenstern im Erdgeschoss und ersten Stock war Licht, doch drinnen konnte sie niemanden sehen, weil sie zu weit entfernt war, um Einzelheiten zu erkennen und alte Bäume und Büsche ihre Sicht teilweise versperrten.

Zara schaute sich das Tor genauer an und versuchte herauszufinden, wo sich die Türklingel befand, als sie die Messingtafel bemerkte, die an der Wand neben dem Tor angebracht war. *Sober Living Rehabilitation Center – Betteln verboten*, hieß es da. Sie musste es sich noch einmal ansehen, blickte dann erneut auf ihr Handy und fragte sich, ob sie am richtigen Ort war. Es bestand kein Zweifel: Laut der *Find-My*-App befand sich Dylan hier.

Was machte Dylan in einer scheinbar schicken Reha? War er

Alkoholiker? Hatte er in den letzten vier Jahren Drogen genommen? Als sie zusammen waren, war ihr nie aufgefallen, dass er Suchtprobleme hatte. Er hatte Alkohol mit Bedacht konsumiert, und sie hatte ihn noch nie betrunken gesehen oder bemerkt, dass er sich auf eine Weise verhielt, die darauf hindeutete, dass er high war.

Hier stimmte etwas nicht. Sie wusste es instinktiv. Was, wenn alles, was er ihr letzte Nacht erzählt hatte, keine Paranoia, sondern wahr war und jemand wirklich hinter ihm her war? Dylan hatte gesagt, dass er einen Termin hätte. Was, wenn ihm jemand eine Falle gestellt hatte und sie ihn hierher verschleppt hatten, in diese Reha-Einrichtung? Bilder, die Dylan in einer Gummizelle in einer Zwangsjacke zeigten, kamen ihr in den Sinn. Was, wenn er ihre Hilfe brauchte? Konnte sie wirklich guten Gewissens verschwinden, als wäre nichts gewesen?

Verdammt! Sie sollte keine Skrupel haben. Schließlich hatte Dylan sie vor vier Jahren verletzt, als er wortlos verschwunden war. Sie schuldete ihm nichts. Dennoch war sie noch nie jemand gewesen, der einer Person, die ihr am Herzen lag und ihre Hilfe brauchte, den Rücken kehrte.

Sie fluchte leise. Wie würde sie Dylan retten? Sie konnte nicht einfach an der Tür klingeln und verlangen, ihn zu sehen. Nein, wenn seine Feinde ihn wirklich gefangen genommen hatten, würden sie ihren Forderungen nicht nachgeben. Und wenn sie nicht stillschweigend ging, würden sie sie höchstwahrscheinlich auch einsperren oder, schlimmer noch, abmurksen. Trotz der warmen Abendtemperatur schauderte sie bei dem Gedanken.

Sie brauchte eine Waffe. Sie ließ ihren Blick schweifen. Ihr Auto stand nur wenige Schritte entfernt. Hatte sie etwas im Kofferraum gelassen, was sie als Waffe verwenden konnte?

Schnell ging sie zu ihrem Auto und schloss den Kofferraum auf. Darin befand sich eine Tasche mit Sportkleidung und Turnschuhen. In einer der Seitentaschen befand sich ein Erste-Hilfe-Kasten. Sie ließ ihre Hände über das Innere des Kofferraums gleiten, als sie plötzlich etwas Kaltes und Hartes spürte. Sie packte es und zog es aus seiner Halterung heraus. Es war ein metallener Reifenheber. Perfekt. Sie wollte gerade den Kofferraum schließen, als ihr klar wurde, dass es besser wäre, ihre High Heels auszuziehen, nur für den Fall, dass sie schnell weglaufen musste. Sie tauschte sie gegen ihre Turnschuhe aus, bevor sie wieder den Reifenheber ergriff und den Kofferraum schloss.

Zara ging zurück zum Tor und untersuchte es, bevor sie links und rechts die Wand musterte und nach einer Stelle suchte, an der sie hinüberklettern konnte. Sie schaute sich die Ziegelmauer genauer an, doch es gab keine Möglichkeit, sie sicher zu erklimmen. Dann blieb ihr nur das Tor. Es war aus dekorativem Schmiedeeisen gefertigt und hatte viele Stellen, an denen sie Halt finden und darüberklettern konnte.

Sie schob die Eisenstange unter dem Tor auf das Grundstück und umklammerte dann das Tor mit beiden Händen. Einen Moment zögerte sie. War sie leichtsinnig? Wahrscheinlich. Aber irgendetwas trieb sie dazu. Dylan war in ihr Leben zurückgekehrt, und dieses Mal war sie bereit, alles zu tun, um ihn zu behalten. Machte sie das zu einer verrückten Freundin? Na und. Ihr ganzes Leben lang hatte sie das Vernünftige getan. Sie hatte einen vernünftigen Collegeabschluss, einen vernünftigen Job, eine vernünftige Wohnung, ein vernünftiges Auto und mit Tim sogar einen vernünftigen Ex-Verlobten bekommen. Aber nichts davon hatte sich zu ihren Gunsten ausgewirkt. Sie war alleine. Und jetzt hatte sie die Chance, das zurückzugewinnen, was sie verloren hatte, als Dylan vier Jahre zuvor verschwunden war, und bei Gott, sie würde diese Chance nicht verpassen, nur weil das, was sie tun musste, leichtsinnig war. Zum ersten Mal in ihrem Leben musste sie etwas tun, das nicht vernünftig war. Und sie konnte nur hoffen, dass sie das nicht bereuen würde.

Mit einem tiefen Atemzug setzte sie einen Fuß auf ein Zierelement des Tors und zog sich hoch, dann stieg sie mit dem anderen Fuß höher, bis sich ihr halber Körper über der Toroberkante befand. Sie richtete ihre Hände neu aus, schwang ein Bein über die Spitze, folgte dann mit dem anderen und kletterte auf der anderen Seite nach unten. Sie war stolz auf ihre Leistung und fühlte sich beinahe übermütig. Das war doch nicht so schlimm gewesen. Sie bückte sich, um die Eisenstange aufzuheben, und wurde im selben Moment ruckartig zurückgerissen.

Sie verlor das Gleichgewicht und ein schriller Schrei entriss sich ihrer Kehle. Starke Hände hielten sie fest, während sie gegen ihren Angreifer kämpfte. Es gelang ihr, einen Fuß nach hinten zu treten, aber die weichen Sohlen ihrer Turnschuhe fügten dem Schienbein ihres Angreifers keinen Schaden zu. Plötzlich trat ein großer schwarzer Mann vor sie und ihr wurde klar, dass ihr Angreifer nicht allein gekommen war. Zara drehte den Kopf, damit sie den anderen Mann sehen konnte. Er war genauso groß wie der Schwarze, aber er war weiß und blond.

Der blonde Mann hielt sie so fest im Griff, dass sie genauso gut in einen Schraubstock hätte eingesperrt sein können.

Der schlanke, schwarze Mann, der aussah, als könnte er sie wie einen Zweig in zwei Teile brechen, kniff die Augen zusammen. „Wer hat dich geschickt?" Seine Stimme war ein tiefes Knurren.

„Niemand", brachte sie hervor und versuchte, den Griff ihres Angreifers abzuschütteln. „Lass mich los!"

„Keine Chance", sagte der Mann, der sie gefangen hielt, und senkte seinen Kopf näher an ihr Ohr.

Wenn er damit versuchte, sie einzuschüchtern, machte er das ganz gut. Sie hatte keine Chance, sich zu bücken, um das Werkzeug aufzuheben, und selbst wenn sie es täte, wäre sie niemals in der Lage, zwei Kerle gleichzeitig abzuwehren. Alles, was sie jetzt tun konnte, war vorzugeben, sie hätte sich verlaufen.

„Du kannst mich nicht einfach angreifen! Ich bin eine gesetzestreue Bürgerin!" Sie ließ so viel Autorität und Empörung in ihrer Stimme mitschwingen, wie sie konnte, aber es klang selbst in ihren eigenen Ohren schwach und verängstigt.

„Ich wusste nicht, dass Einbruch als gesetzestreu gilt", sagte der blonde Mann gedehnt und klang nun, als käme er aus dem tiefen Süden.

„Soweit ich weiß", fügte der Schwarze hinzu, „ist das immer noch ein Verbrechen. Spiel also keine Spielchen mit uns. Wir wissen, was du hier tust. Dachtest du, du könntest durch unser Sicherheitssystem schlüpfen?"

„Ich habe mich verlaufen. Ich habe nicht –“

Der Schwarze packte sie am Hals und quetschte ihre Luftröhre. „Lüg uns nicht an. Smith und Jones haben dich geschickt, gib's zu!“

Zara versuchte den Kopf zu schütteln und rang nach Luft. Sie hatte keine Ahnung, von wem der Typ sprach.

„Na gut“, sagte der Blonde. „Lass sie uns reinbringen. Dort werden wir sie schon zum Reden bringen.“

Schließlich ließ der Schwarze ihre Kehle los, und sie hustete und keuchte und inhalierte die dringend benötigte Luft. Ihr Angreifer lockerte seinen Griff um sie, während er sie zum Haus zerrte. Sie stolperte und wäre beinahe über ihre eigenen Füße gestolpert, aber die beiden Männer zogen sie zum Haupteingang der Villa, sodass ihre Füße kaum den Boden berührten.

Verdammt! Wo war sie da hineingeschlittert? Sie hatte nicht damit gerechnet, dass sich das Ganze so schnell zum Schlimmen wenden würde. Sie hatte noch nicht einmal die Gelegenheit gehabt herauszufinden, wo Dylan festgehalten wurde. Ihre Chancen, ihn hier herauszuholen, waren gerade auf null gesunken. Und sie wollte nicht einmal ahnen, was sie jetzt mit ihr machen würden. Sie wollten sie zum Reden bringen, was sich anhörte, als wäre es schmerzhaft. Und ihre Schmerzschwelle war extrem niedrig.

Die beiden Männer zerrten sie ins Haus und sie hörte, wie die schwere Tür hinter ihr zufiel. Das große Foyer mit der beeindruckenden Mahagonitreppe, die in den ersten Stock führte, war gut beleuchtet und spärlich möbliert.

„Lasst mich los!“, schrie sie. „Ihr habt kein Recht –“

„Hör auf mit den Lügen! Niemand hier kauft sie dir ab!“, schnappte der Schwarze.

„Sie haben eine Frau geschickt?“, fragte ein dunkelhaariger Mann, der von rechts aus einer Tür kam und auf sie zumarschierte. Sie erkannte ihn sofort als den Mann, mit dem Dylan am Abend zuvor im Café gesprochen hatte.

„Niemand hat mich geschickt!“ Warum hörten diese Männer nicht zu?

„Keine Sorge, ich kann sie zum Reden bringen", sagte der blonde Mann voller Überzeugung.

„Ich habe nichts falsch gemacht!" Tränen stiegen ihr in die Augen. Sie war dieser Sache nicht gewachsen. Das war das erste Mal in ihrem ganzen Leben, dass sie sich leichtsinnig verhalten hatte, und sofort endete es in einer Katastrophe. Und alles, was sie wollte, war Dylan zu helfen.

„War sie alleine?", fragte der dunkelhaarige Mann.

„Sah so aus", antwortete der Schwarze. „Aber wir sollten uns auf eine Evakuierung vorbereiten. Nur für den Fall."

Der dunkelhaarige Mann wandte sich wieder der offenen Tür zu, aus der er herausgekommen war, und rief: „Fox, komm hierher. Wir müssen den Eindringling nach Wanzen oder Transpondern durchsuchen." Dann drehte er sich um und winkte dem Schwarzen zu. „Durchsuche ihre Handtasche und zieh sie aus."

Der Schwarze schnappte sich ihre Handtasche und leerte den gesamten Inhalt kurzerhand auf den Boden, während der Blonde an ihrer Jacke zerrte und sie ihr auszog. Als er erneut nach ihr griff, schlug sie seine Hände weg und drehte sich von ihm weg, damit er sie nicht berühren konnte.

„Nein!", schrie sie.

Von der Treppe kam ein lautes Geräusch.

„Yankee, nimm deine verdammten Hände von ihr!"

Zara drehte ihren Kopf in Richtung der vertrauten Stimme. Dylan stürmte die Treppe herunter, nur in Shorts bekleidet, sein Haar feucht, als wäre er gerade aus der Dusche gekommen. Er hielt eine Waffe in der Hand.

11

——————

Dylan hatte gerade in dem Zimmer geduscht, das Ace ihm zum Übernachten angeboten hatte, als in der Villa der Einbruchsalarm ausgelöst wurde. Er hatte sich schnell Shorts angezogen, seine Waffe geschnappt und war aus dem Zimmer gestürmt. Vom Treppenansatz hatte er Zaras Stimme gehört und einen Sekundenbruchteil später gesehen, wie sie sich gegen Yankee verteidigte.

Er rannte die Treppe hinunter und ließ seinen Blick instinktiv über ihren Körper schweifen, um nach Verletzungen zu suchen. Er fand keine, doch sein rasendes Herz beruhigte sich trotzdem nicht. Mehrere Gedanken schossen ihm durch den Kopf. Wie hatte sie ihn gefunden? Was machte sie hier? Und war ihr jemand gefolgt?

Die anderen Agenten starrten ihn überrascht an und Yankee nahm sofort seine Hände von Zara, während diese ihn mit offenem Mund anstarrte. Dylan schob seine Waffe hinten in seinen Hosenbund und blieb vor Zara stehen.

„Zara! Was machst du hier?“

Bevor sie antworten konnte, unterbrach Tiger ihn: „Du kennst sie?“

Ohne Zara, die mehr als nur ein wenig verwirrt und genervt

wirkte, aus den Augen zu lassen, sagte er: „Sie ist meine Freundin."
Dann nahm er ihre Hände und bemerkte, dass sie zitterten. „Was ist
los?"

„Ich habe nichts von dir gehört ..." Sie schluckte schwer und
zögerte.

„Sie ist über das Tor geklettert", erklärte Yankee. „Sie war
bewaffnet. Wir gingen davon aus, dass Smith eine Attentäterin
geschickt hat."

„Attentäterin?" Zara keuchte. „Ich bin keine –"

„Sie war definitiv bewaffnet", fügte Tiger hinzu. „Sah aus wie eine
Eisenstange." Er sah sie mit zusammengekniffenen Augen an. „Und
leugne es nicht."

„Vielleicht möchtest du uns erklären, was deine Freundin hier
macht", meinte Ace mit ruhiger Stimme. „Du hättest erwähnen
können, dass du erwartest, dass sie hierherkommt."

Dylan warf einen Seitenblick auf Ace. „Das hätte ich tun können,
wenn ich gewusst hätte, dass sie hier auftauchen würde." Er sah Zara
direkt an. „Weil ich mir ziemlich sicher bin, dass ich dir diese Adresse
nicht gegeben habe."

Zara hatte den Anstand, verlegen dreinzuschauen. „Ich habe heute
Morgen die Find-My-App aktiviert, als ich meine Telefonnummer in
dein Handy programmiert habe."

Dylan seufzte. „So wenig vertraust du mir?" Vielleicht hatte er das
verdient. Schließlich hatte er ihr keinen Grund gegeben, ihm zu
vertrauen.

„Du hast nicht angerufen."

„Es tut mir leid. Es war so viel los. Ich wollte dich anrufen ..." Das
war die Wahrheit. Er hatte geplant, sie nach der Dusche aufzusuchen.

„Tja, hast du aber nicht." Sie starrte ihn verärgert an. „Ich dachte,
du wärst entführt worden oder in eine Falle getappt oder so etwas, als
ich nichts von dir hörte." Ihre Stimme wurde immer lauter. „Nach
allem, was du mir letzte Nacht erzählt hast, was hätte ich denn denken
sollen?"

„Was hast du ihr erzählt?", fragte Yankee mit hochgezogenen Augenbrauen.

„Okay! Wie wäre es, wenn ihr euch alle ein paar Minuten heraushaltet, damit ich mit Zara reden kann?", forderte Dylan.

„Bevor du das tust", sagte Ace, „müssen wir uns unter vier Augen unterhalten." Ace zeigte auf eine Tür auf der anderen Seite des Foyers. „In mein Büro, jetzt sofort."

Da dies Aces Haus war und er hier das Sagen hatte, hatte Dylan keine andere Wahl, als seinem Befehl Folge zu leisten. Doch bevor er Ace in sein Büro folgte, warf er Tiger und Yankee einen strengen Blick zu. „Wenn einer von euch noch einmal Hand an sie legt, werdet ihr es bereuen."

Beide Männer hoben in gespielter Kapitulation die Arme.

Zufrieden mit ihrer Reaktion schaute er Zara an. „Ich werde zuerst mit Ace reden und dann werde ich alles erklären. Und keine Sorge: Yankee und Tiger werden dir nichts tun."

Zara starrte ihn verschreckt an.

Dylan betrat Aces Privatbüro und schloss die Tür hinter sich. „Worüber wolltest du mit mir reden?"

Ace deutete mit dem Kinn in Richtung Foyer. „Ich brauche nur eine kleine Klarstellung. Du sagst, sie sei deine Freundin. Dennoch hat sie erst heute Morgen ihre Nummer in dein Telefon einprogrammiert. Das ergibt keinen Sinn. Wenn sie deine Freundin wäre, hättest du ihre Nummer bereits in deinem Telefon. Siehst du, warum ich ein Problem damit habe, das zu verstehen? Ganz zu schweigen davon, dass du nicht einmal vermutet hast, dass sie einen Tracker auf deinem Handy eingeschaltet hat. Willst du mir das erklären? Denn von meinem Standpunkt aus sieht es für mich so aus, als hättest du einen One-Night-Stand gehabt, der sich in einen Stalker verwandelt hat."

„Sie ist kein One-Night-Stand. Und auch kein Stalker", sagte Dylan. Er hielt einen Moment inne und versuchte, seine Wut über die Andeutung im Zaum zu halten. „Zara und ich haben vor vier Jahren zusammengelebt. Ich wollte ihr einen Heiratsantrag machen. Ich hatte den Ring bereits gekauft. Dann wurde Sheppard ermordet und ich musste fliehen. Ich habe mit ihr per SMS Schluss gemacht."

Ace rieb sich mit der Hand den Nacken. „Verdammt! Kein Wunder, dass sie dir nicht vertraut, weil du wieder verschwinden könntest. Wann bist du zu ihr zurückgekehrt?"

„Bin ich nicht. Es war ein Zufall. Zara hat uns gestern Abend im Café gesehen. Sie kam auf mich zu. Wir redeten. Ich habe ihr nur das Nötigste erklärt."

„Über das Stargate-Programm?"

Er schüttelte den Kopf. „Nur, dass ich bei der CIA war und unser Programm kompromittiert und unser Direktor getötet wurde und ich verschwinden musste."

„Und deine Vorahnungen? Weiß sie etwas darüber oder worum es in dem Programm ging?"

„Nein."

„Hmm." Ace verzog das Gesicht. „Vertraust du ihr?"

„Hundertprozentig."

„Aber sie vertraut dir nicht, oder?"

Er zuckte mit den Schultern. „Offensichtlich nicht, sonst hätte sie den Tracker auf meinem Handy nicht aktiviert."

„Zumindest bedeutet das, dass sie nicht will, dass du wieder verschwindest. Und wenn man bedenkt, dass sie hier eingebrochen ist, um dich zu befreien, ist es ziemlich klar, dass ihr immer noch etwas an dir liegt. Aber jetzt, wo sie diese Adresse kennt, müssen wir hundertprozentig sicherstellen, dass sie sie niemandem verrät. Sonst bringt sie uns alle in Gefahr."

Dylan nickte. „Ich weiß."

„Tu, was du tun musst. Sag ihr, dass du sie liebst, auch wenn es eine Lüge ist. Behalte sie im Auge."

„Das wird kein Problem sein." Er würde sie nicht anlügen müssen, weil er sie immer noch liebte. Aber er wusste, dass er ihr mehr über die Situation erzählen musste, in der sie sich alle befanden, und über den Grund, warum er und seine Brüder gejagt wurden.

„Gut. Wir werden heute Abend Patrouillen ums Haus herum durchführen, nur für den Fall, dass jemand sie beschattet."

„Okay."

Dylan drehte sich zur Tür und öffnete sie. Im Foyer stand Zara immer noch an der gleichen Stelle wie zuvor, allerdings hielt sie ihre Tasche wieder in der Hand und der zuvor auf dem Boden verstreute Inhalt war eingesammelt worden. Yankee und Tiger warteten mit ihr, standen jedoch ein paar Meter von ihr entfernt.

Dylan begegnete Zaras Blick, als er aus dem Büro trat und auf sie zukam. Eine Million Fragen leuchteten aus ihren Augen und er wusste, dass er ihr alles erklären musste, sonst würde er ihr Vertrauen nie wiedergewinnen. Er konnte nur hoffen, dass sie bereit war, sich die fantastischen Dinge anzuhören, die ihn und die anderen Stargate-Agenten zu etwas Besonderem machten. Und dass sie ihren Unglauben wegstecken konnte, wenn sie die Wahrheit erfuhr.

Er war nur noch wenige Meter von ihr entfernt, als alles um ihn herum verschwamm. Der laute Knall einer Explosion durchbohrte sein Trommelfell und Trümmer regneten auf ihn herab. Überall um ihn herum zerbrachen Steine und Beton, während ihn eine Staubwolke für einen Moment erblinden ließ. Er hörte überall Schreie, konnte aber keine Worte verstehen, weil es in seinen Ohren klingelte. Er wischte sich den Staub aus den Augen und versuchte verzweifelt herauszufinden, wo er war und was vor sich ging. Er drehte sich um seine eigene Achse, aber er sah nur Staub und Schutt. Er ließ seinen Blick schweifen und suchte nach irgendetwas, das das Gebäude identifizierte, in dem er sich befand, als er ein Schild entdeckte. *Sprecher des Repräsentantenhauses*, hieß es. Doch bevor er verstehen konnte, was er sah, entdeckte er jemanden zwischen den Trümmern. Er zwang sich, näher zu treten, und als sich der Staub legte, wurde seine Sicht klarer und er erkannte die Person.

„Zara!", schrie er, doch er wusste, dass es zu spät war. Ihr Körper lag schlaff inmitten der Zerstörung. Sie war tot.

12

Zara starrte Dylan an, als dieser plötzlich nur wenige Meter von ihr entfernt erstarrte und sein Gesicht sich in eine Maske des Schmerzes verwandelte. Sie hatte ihn schon oft so gesehen und wusste, was es war.

Sie näherte sich und griff nach ihm. „Oh mein Gott, Dylan."

Doch bevor sie ihre Hand auf seinen Arm legen konnte, um ihn zu trösten, riss Tiger sie zurück.

„Fass ihn nicht an!"

Sie drehte ihren Kopf, um ihn anzusehen. „Er braucht Hilfe. Er hat einen Migräneanfall." Sie waren kräftezehrend, auch wenn er sich immer schnell erholt hatte, obwohl er keine Medikamente dagegen einnahm.

„Migräne?", fragte Ace kopfschüttelnd. „Das hat er behauptet?"

Zara zögerte, denn sie fand Aces Frage seltsam. „Was sollte es sonst sein?"

Aber Ace beantwortete ihre Frage nicht, sondern blickte zurück zu Dylan, dessen Knie plötzlich nachgaben. Dylan brach nicht zusammen, denn Ace fing ihn auf, als hätte er damit gerechnet. Dylans Kopf bewegte sich. Er atmete jetzt schwer und seine Augen suchten die Umgebung ab, als würde er erst jetzt erkennen, wo er war.

„Bist du okay?", fragte Ace.

Dylan nickte und starrte Zara an. Jetzt wieder auf eigenen Beinen, überbrückte er die Distanz zwischen ihnen und zog sie in seine Arme, wobei er sie so fest drückte, dass sie kaum atmen konnte.

„Du bist hier", murmelte er in ihr Haar.

„Was hast du gesehen?", fragte Ace.

Dylan ließ sie los und sie sah zu ihm auf und erkannte die Sorge in seinen Augen.

„Ich war in den Trümmern des Capitols. Eine Bombe explodierte." Er schluckte schwer.

„Was?" Zara wich einen Schritt zurück und schüttelte automatisch den Kopf. Was meinte Dylan damit?

Dylan zögerte und tauschte Blicke mit den anderen drei Männern aus. Mit ernster Miene wandte er sich schließlich an sie: „Ich habe Vorahnungen."

Sie schüttelte weiterhin den Kopf. „Nein. Du hattest einen Migräneanfall."

„Nein. All die Male, als wir zusammen waren und du mich so sahst, hatte ich Visionen von zukünftigen Ereignissen. Das ist meine Gabe." Er deutete auf die anderen. „Und auch ihre. Darum ging es in dem CIA-Programm."

„Das kann nicht sein. Willst du damit sagen, dass du ein Hellseher bist?" Sie sah die anderen an und fragte sich, ob sie Dylans Behauptung widerlegen würden. Aber alle drei sahen düster drein. Das war kein Scherz.

Bevor Dylan antworten konnte, unterbrach Ace: „Er kann dir später alles darüber erzählen." Dann starrte er Dylan an. „Hast du gesehen, wer oder was die Explosion verursacht hat? Irgendwelche Details, die du uns geben kannst? Irgendetwas?"

Wieder schluckte Dylan schwer. Er griff nach ihrer Hand und sah dann sie statt Ace an. „Du bist in den Trümmern des Capitols umgekommen. Ich sah dich. Ich konnte es nicht aufhalten. Ich war zu spät."

Von den drei Männern kam kaum hörbares Keuchen. Zaras Herz

blieb stehen. Sie holte tief Luft und hielt sie einige Sekunden lang an, während ihr Gehirn versuchte, die Worte zu verarbeiten, die Dylan gesprochen hatte. Sie spürte ihren Körper nicht mehr. Als sie die Szene im Foyer des großen Herrenhauses betrachtete, hatte sie das Gefühl, außerhalb des Geschehens zu stehen. Vielleicht hatte sie einen Alptraum. Vielleicht war sie gar nicht hier. Was, wenn sie nach der Arbeit nach Hause gegangen war, anstatt dem Tracker zu folgen, den sie auf Dylans Handy aktiviert hatte? Was, wenn nichts davon echt war? Vielleicht war Dylan nicht einmal nach D.C. zurückgekehrt. Das alles könnte ein ausgefeilter Traum gewesen sein, den sie sich ausgedacht hatte, um endlich zu erklären, warum er sie verlassen hatte.

„Zara, hast du gehört, was ich gesagt habe?"

Seine Stimme riss sie aus ihren Gedanken. Ihre Kehle war zu ausgetrocknet, um ein Wort zu formen, und ihr Körper zitterte plötzlich. Sie schüttelte den Kopf und schmeckte etwas Nasses auf ihren Lippen. Es schmeckte salzig und ihr wurde klar, was es war: Tränen liefen ihr über die Wangen.

Mit seinem Daumen wischte Dylan eine Träne weg und streichelte ihre Wange. „Es tut mir leid, Baby. Es tut mir so leid."

Endlich fand sie ihre Stimme wieder. „Du hast Vorahnungen?" Sie warf einen Blick auf die anderen. „Ihr alle?"

Alle Männer nickten.

„Deshalb jagt uns jemand", erklärte Dylan. „Weil wir ein katastrophales Ereignis in der Zukunft sehen und es möglicherweise verhindern können. Deshalb will uns jemand aus dem Weg räumen."

„Bist du sicher, dass es das Capitol war, das du gesehen hast?", fragte Tiger.

Dylan nickte. „Ich habe das Schild vor dem Büro des Sprechers gesehen." Er sah sie an. „Sag mir, was du im Capitol machen würdest."

„Ich habe dir doch gestern erzählt, dass ich für den Senator von Idaho arbeite", sagte Zara.

„Ja, aber ich dachte, du arbeitest in einem der Senatsgebäude, wo die Senatoren ihre Büros haben."

„Ja, aber ich muss fast jeden Tag aus dem einen oder anderen Grund ins Capitol."

„Verdammt!", fluchte Dylan und rieb sich den Nacken. Er warf Ace einen Blick zu. „Ich muss unter vier Augen mit Zara reden. Angesichts meiner neuesten Vision glaube ich, dass es von größter Bedeutung ist, dass sie alles weiß, was hier vor sich geht, damit ich sie beschützen kann."

Ace nickte. „Das glaube ich auch. In deinem Zimmer seid ihr ungestört."

Zara starrte Dylan an. „Du wohnst hier?"

„Ja, ich wohne jetzt hier", sagte er. „Komm. Lass uns reden."

Immer noch benommen und verwirrt folgte sie ihm, als er sie die große Treppe hinauf in den ersten Stock der Villa führte, wo er sie in ein Schlafzimmer am Ende des langen Flurs brachte. Als er die Tür hinter sich schloss, waren sie endlich allein und Stille umgab sie. Zara sah sich flüchtig im Raum um. Er war gemütlich eingerichtet, mit einem großen Bett, einer Kommode und Nachttischen sowie einem Sessel mit Leselampe. Außer einer kleinen Reisetasche und einigen Kleidungsstücken von Dylan befanden sich keine persönlichen Gegenstände im Zimmer.

Dylan griff hinten in seinen Hosenbund und holte seine Waffe heraus. Er legte sie auf den Nachttisch, bevor er sich wieder ihr zuwandte.

Ihre Tränen waren getrocknet, aber sie war noch nicht bereit, Dylans Worte als die Wahrheit zu akzeptieren, obwohl sie so viele Dinge erklärten. Warum er geflohen war. Warum er nie Medikamente gegen seine Migräne genommen hatte. Aber das rechtfertigte nicht, dass er sie wortlos zurückgelassen hatte. Wieder flammte die Wut in ihr auf und sie funkelte ihn an.

„Du hättest mir das sagen sollen!", schimpfte sie und ballte die Hände zu Fäusten. „Wenn du mich wirklich geliebt hättest, hättest du es mir anvertraut!" Sie schlug mit den Fäusten gegen seinen nackten Oberkörper, während ihr noch mehr Tränen in die Augen stiegen. Diesmal nutzte sie ihre Wut, um sie zu unterdrücken.

Dylan ergriff ihre Fäuste, umfasste sie mit seinen Handflächen und drückte sie gegen seine Brust. „Zara, Baby, ich habe es dir nicht gesagt, weil es dich in Gefahr gebracht hätte, wenn du es gewusst hättest. Außerdem hättest du mir nicht geglaubt und ich wollte dich nicht verlieren. Du hättest mich verlassen, weil du gedacht hättest, ich wäre ein Irrer."

Zara schniefte. Seine Worte beruhigten sie, auch wenn sie es nicht zulassen wollte. Sie wollte wütend auf ihn bleiben, denn mit Wut konnte sie umgehen, aber nicht mit Angst. Denn wenn Dylan wirklich Vorahnungen hatte und das, was er sah, wahr würde, würde sie sterben, und das machte ihr mehr Angst als alles andere.

„Bitte sag mir, dass das alles ein Witz oder ein Alptraum ist, sag mir einfach, dass es nicht wahr ist", bettelte sie.

„Es tut mir leid, Baby, aber ich werde dich nie wieder anlügen. Ich weiß, die Wahrheit ist beängstigend, aber dieses Mal werde ich dich nicht mehr alleine lassen. Ich werde dich nie wieder ohne Schutz lassen. Das verspreche ich dir."

„Wie kannst du so etwas versprechen? Hast du es nicht gerade selbst gesagt? In deiner Vision sterbe ich bei einer Explosion im Capitol."

Er ließ ihre Hände los und umfasste ihr Gesicht. „Wir werden verhindern, dass es jemals zu einer Explosion kommt. Ich werde es nicht zulassen, Zara. Auf keinen Fall."

„Du bist ein einziger Mann, Dylan! Wie willst du so etwas verhindern?"

„Ich bin nicht alleine. Die anderen, Ace, Fox, Yankee und Tiger, haben bereits Hinweise darauf, wer dahintersteckt. Wir alle sehen Teile dieses Ereignisses in unseren Visionen. Wenn wir zusammenarbeiten, können wir den stoppen, der dahintersteckt. Das müssen wir."

Seine Stimme war entschlossen, sein Tonfall flehend, als wollte er nicht nur sie, sondern auch sich selbst überzeugen. Da sah sie es, die Angst in seinen Augen, die Angst, dass er nicht verhindern konnte, dass diese Vorahnung wahr wurde. Ihr Widerstand ließ nach, als er den Schmerz in seinen Augen zu verbergen versuchte. Er war wieder der

Mann von vor vier Jahren. Der Mann, den sie geliebt und dem sie vertraut hatte. Sie liebte ihn immer noch, aber konnten sie das zerbrochene Vertrauen zwischen ihnen reparieren?

„Hilf mir, dir wieder zu vertrauen", sagte sie. „Sag mir die Wahrheit. Die ganze Wahrheit. Lass die schlechten Dinge nicht aus. Ich muss die ganze Wahrheit erfahren."

Er nickte, setzte sich auf das Bett und bedeutete ihr, sich ihm anzuschließen. Sie setzte sich im Schneidersitz hin und lehnte sich gegen das Kopfteil. Dylan änderte seine Position, bis er ihr gegenüber saß und sie direkt ansah.

„Ich dachte immer, ich sei ein Freak, weil ich diese Vorahnungen hatte und die Dinge, die ich sah, manchmal fast sofort, manchmal Monate später wahr wurden. Ich hatte keine Ahnung, dass es andere Männer wie mich gibt, bis Henry Sheppard mich für sein streng geheimes CIA-Programm Stargate rekrutierte."

Zara hörte mit gespannter Faszination zu.

„Endlich hatte ich das Gefühl, dass ich irgendwo dazugehöre. Bis Sheppard getötet wurde und die Stargate-Agenten fliehen mussten."

13

———

Dylan verschwieg nichts. Er erzählte Zara alles, was er wusste, sogar die Dinge, die er erst Stunden zuvor herausgefunden hatte. Er erklärte ihr die Theorie, die sie hatten, dass das MRT-Gerät dazu verwendet wurde, das Gehirn eines präkognitiven Agenten zu scannen, um die Daten für den Bau eines Quantencomputers zu nutzen. Je mehr Dinge er mit ihr teilte, desto fantastischer klangen die Geschichten vermutlich in Zaras Ohren, doch sie hörte geduldig zu und stellte kluge Fragen, die ihm zeigten, dass sie verstand, worum es ging.

„Du und die anderen, ihr glaubt also, dass derjenige, der versucht, diesen Quantencomputer zu bauen, eine Gefahr für unsere Demokratie darstellt?"

„Nicht nur unsere", sagte Dylan. „Wenn er Ereignisse manipulieren kann, weil er sie mithilfe der bisher gesammelten Daten vorhersagen kann, muss er seine Taten nicht nur auf die USA beschränken. Er kann alles manipulieren, jede Wirtschaft, jede Regierung, jedes Land, jeden."

Und wenn es tatsächlich Polo war, der ehemalige Stargate-Agent, dann war er aufgrund seines psychologischen Profils zu allem fähig.

„Er wäre der mächtigste Mann der Welt", antwortete Zara und nickte. „Er muss gestoppt werden."

„Wir glauben, dass alles, was er plant, sehr bald passieren wird."

„Wieso?"

„Mehrere Gründe: Die Häufigkeit unserer Weltuntergangsvorahnungen hat zugenommen, was darauf hindeutet, dass das Ereignis schnell näher rückt."

„Hast du vorhin nicht gesagt, dass du und die anderen diese Weltuntergangsvisionen nur im Schlaf bekommt?"

„Ja, warum?"

„Weil du wach warst und eine Vision hattest."

„Das ist richtig. Aber wir alle haben Visionen von anderen Ereignissen, oft von denjenigen, die uns nahestehen. Wie du und ich. Was ich heute gesehen habe, die Explosion im Capitol und dich inmitten der Trümmer ..." Er schüttelte den Kopf und rückte näher an sie heran, bis er ihre Wange berühren konnte. „An der Kleidung, die du trugst, konnte ich erkennen, dass es Sommer war. Du sahst genauso aus wie heute." Er beugte sich vor und drückte seine Stirn an ihre. Sein Herz klopfte vor Angst, die ihn während seiner Vorahnung gepackt hatte. „Das kann ich nicht zulassen. Ich habe dich in dieser Vision sterben sehen, damit ich die Chance bekomme, dich zu retten. Und ich werde alles in meiner Macht Stehende tun, um diese Tragödie zu verhindern."

Zara legte ihre Hand auf seinen Nacken. „Könnte es sein, dass das, was du heute gesehen hast, nichts mit diesem großen Ereignis zu tun hat? Könnte es unabhängig davon sein?"

„Sicher, aber es ist ein zu großer Zufall, dass einige von uns die Explosion des Capitols hören oder sehen, während ich die Vision habe, wie du in den Trümmern umkommst. Ich glaube, dass die Weltuntergangsvisionen von unseren Schlafstunden in unsere Wachstunden übergehen. Als ob alle Ereignisse zusammenstoßen würden."

Zara holte hörbar Luft. „Ich habe Angst."

„Ich weiß. Ich auch."

„Du hast Angst?"

Er nickte. „Obwohl ich für solche Dinge auf der Farm trainiert habe. Aber ich glaube, man ist nie wirklich auf alles vorbereitet. Und es ist gut, Angst zu haben."

„Warum?"

„Weil man, wenn man Angst hat, wachsam bleibt und nicht übermütig wird und seine Feinde nicht unterschätzt. Ich habe lieber einen Haufen Leute auf meiner Seite, die Angst vor dem haben, was kommt, als Leute, die zu selbstsicher sind."

„Da hast du vielleicht recht." Sie lächelte ihn an und die Geste erwärmte sein Herz. „Ich bin auf deiner Seite. Und ich habe Angst. Ich glaube, das macht uns zu einem guten Team."

Er lachte leise und zog sie in seine Arme. „Ein perfektes Team."

Zara strich ihm mit der Hand durchs Haar. „Ja."

„So, jetzt, wo du alles weißt, darf ich mit dir schlafen?" Er bewegte sich und zog sie auf seinen Schoß.

„Aber die anderen." Sie deutete auf die Tür. „Sie sind unten."

„Na und? Wir sind in meinem Zimmer. Sie werden nicht einfach hereinplatzen, um nach uns zu sehen. Außerdem wohnen alle vier mit ihren Freundinnen hier."

„Alle vier? Ich habe nur drei Kerle gesehen."

„Du wirst Fox später treffen. Er ist das ansässige IT-Genie. Aber genug von ihnen. Zurück zu meiner ursprünglichen Frage: Darf ich mit dir schlafen?"

Ein sanftes Lächeln zog Zaras Lippen nach oben. „Nun, da du so höflich fragst ..." Sie wackelte mit ihrem Hintern auf seinem Schoß. „... und kaum bekleidet bist, meine ich, dass wir uns diese Gelegenheit nicht entgehen lassen sollten."

„Besser hätte ich es nicht sagen können."

Dylan ließ seine Lippen auf Zaras Mund sinken und spürte, wie sie seiner Berührung nachgab. Ihre Lippen öffneten sich unter leichtem Druck und sie lud ihn ein, sie zu erkunden. Noch immer erschüttert von der Tragödie, die er in seiner Vision gesehen hatte, küsste er sie mit der Leidenschaft eines Mannes, der dem Tod ins Auge geschaut hatte.

Er wollte keine weitere Sekunde ihrer gemeinsamen Zeit damit verschwenden, über ihre ungewisse Zukunft zu reden. Im Moment zählte nur die Gegenwart. Denn nur die Gegenwart war greifbar. Die Vergangenheit war ihm bereits wie feiner Sand durch die Finger gelaufen, und die Zukunft lag außerhalb seiner Reichweite.

Heute Abend war er nicht der ehemalige CIA-Agent, der alle Antworten hatte, sondern der Mann, der Fehler gemacht und beinahe die Liebe einer guten Frau verloren hatte. Er hatte ein unvorstellbares Glück, denn Zara gab ihm eine zweite Chance. Und niemand würde ihm das nehmen können.

Zara fühlte sich schmiegsam in seinen Armen an; ihre Kurven polsterten seine harten Muskeln; ihre Seufzer öffneten die Tür zu seinem Herzen, damit sie sich dort wie zu Hause fühlen konnte, so wie sie damals in seinem Herzen gewohnt hatte. Er spürte ihre Hände auf sich, wie Zara seine noch feuchte Haut streichelte, ihn erkundete und ihn auf eine Weise neckte, wie es nur ihr möglich war. Sein Körper erwachte, um seiner Gebieterin zu dienen, ließ Blut in seinen Schwanz strömen und seinen Herzschlag in die Stratosphäre katapultieren.

Er spürte, wie sein Atem schneller wurde, und er zog nun hektisch an ihrem Oberteil, um sie davon zu befreien, damit er die reife Frucht darunter berühren konnte. Ungeduldig zog er an ihrem BH und schaffte es, den Verschluss zu öffnen. Mit einem kaum hörbaren Geräusch landete dieser auf dem Boden, während er bereits den Reißverschluss ihres Rocks öffnete. Auch dieser landete irgendwo auf dem Boden.

Als Zara den Knopf seiner Shorts öffnete, atmete er erleichtert auf. Der Reißverschluss senkte sich fast von selbst und einen Augenblick später spürte er Zaras Hand auf seinem Schwanz.

Sie schnappte nach Luft und ließ dabei von seinen Lippen ab. „Du trägst keine Unterwäsche."

Schwer atmend antwortete er: „Als der Alarm losging, hatte ich keine Zeit ... Ist das ein Problem?"

Zara lachte leise. „Nicht für mich." Sie legte ihre Hand um seinen Schwanz.

„Fuck!" Das Gefühl, in ihrer weichen Handfläche gefangen zu sein, war elektrisierend.

Es dauerte nur noch ein paar Sekunden, bis er seine Shorts ausgezogen hatte und nackt war. Während er noch einmal Zaras Lippen erfasste, zog er sie vollständig aus. Glatte, schöne Haut begrüßte ihn und er ließ seine Hände über ihren Körper gleiten und genoss das Stöhnen, das sie ausstieß, als er ihre Brüste drückte und ihre Brustwarzen neckte. Sie reagierte schon immer besonders empfindlich darauf, wenn ihre Brüste gestreichelt wurden. Er drückte Zara sanft zurück, bis sie auf der Decke lag. Er rollte sich über sie, während sie ihre Beine weiter spreizte und sie dann um seine Oberschenkel schlang, um ihn in ihre Mitte zu zwingen.

Er löste seine Lippen von ihren. „Jemand ist ungeduldig."

„Das wärst du auch", sagte sie schmollend, „wenn du das durchgemacht hättest, was ich heute Nacht durchgemacht habe."

„Hast du wirklich geglaubt, ich wäre in Schwierigkeiten?"

„Natürlich." Sie schlug mit der Faust gegen seine Brust. „Ich hatte Angst, dass deine Feinde dich erwischt hätten."

„Dennoch bist du gekommen, um mich zu retten. Du bist sehr mutig." Er strich mit seinen Lippen über ihre. „Ich glaube, du verdienst ein Dankeschön für deinen Mut."

„Ein Dankeschön?"

Er rutschte nach unten, bis sein Kopf über ihrer Muschi schwebte. „Ja, ein Dankeschön." Er atmete ihren Duft ein. „Ich hatte letzte Nacht keine Gelegenheit dazu."

„Oh, Baby", murmelte sie.

Zara begegnete Dylans erhitztem Blick und ihr Herz machte einen Salto. Er war wieder derselbe Mann, in den sie sich verliebt hatte: zärtlich, leidenschaftlich, rücksichtsvoll. Aber jetzt war er noch mehr. Er war jetzt ihr Beschützer.

Dylan neigte sein Gesicht zu ihrem Lustzentrum und küsste sie dort, während er ihre Schenkel sanft weiter auseinander drückte, um ihre intimste Stelle freizulegen. Einen Moment später spürte sie, wie seine Zunge über ihre Spalte strich und ihr Fleisch angenehm kribbelte. Sie erlaubte einem Stöhnen, über ihre Lippen zu rollen, drückte ihren Kopf zurück in das Kissen und genoss seine zärtlichen Liebkosungen. Sie war schon immer erstaunt gewesen über die Geschicklichkeit und Geduld, mit der er sie verwöhnte. Seine Bewegungen waren nicht hektisch und er forderte sie nicht dazu auf, einem Orgasmus entgegenzueilen, sondern leckte sie nur ganz sanft.

Zara streckte die Hand nach ihm aus, fuhr ihm durchs Haar und spürte, wie er schauderte. Ein Stöhnen prallte an ihr zartes Fleisch und ein Keuchen raubte ihr den Atem. Sie spürte, wie Dylan ihre Hände in seine nahm und seine Finger mit ihren verschränkte. Er hatte das schon immer getan, wenn er sie so beglückte, und sie erkannte, dass es eine Geste war, die ihre emotionale Verbindung betonen sollte. Dies war nicht nur ficken. Sie machten Liebe und öffneten sich einander auf einer Ebene, die weit über das Körperliche hinausging.

Zara konzentrierte sich auf die Empfindungen, die durch ihren Körper rasten und unter Dylans erfahrenem Mund und seiner Zunge in jede Zelle eindrangen. Er erhöhte nun sein Tempo und ließ seine Zunge immer fester und schneller über ihren Kitzler gleiten. Ihr Atem beschleunigte sich und Schweiß bildete sich auf ihrer Haut. Sie konnte die lustvollen Geräusche, die ihr in die Kehle hochkamen, nicht zurückhalten.

Es war ihr egal, ob die Bewohner der Villa sie hörten. Es spielte keine Rolle. Sie hatte erst vor Kurzem die schreckliche Nachricht erhalten, dass sie sterben könnte, und alles, was sie jetzt wollte, war, mit Dylan an ihrer Seite in vollen Zügen zu leben. Aller Ärger über die Dinge, die er ihr verheimlicht hatte, und die Lügen, die er ihr aufgetischt hatte, war verschwunden. Alles, was blieb, war ihre Liebe zu ihm und das Bedürfnis, ihre Verbindung zu erneuern.

Dylan ließ plötzlich eine ihrer Hände los und führte seine Hand zu ihrer Muschi. Als er sie nun mit seinen Fingern und seiner Zunge berührte, steigerte sich ihre Erregung, und sie keuchte und stöhnte angesichts der Lust, die er in ihr entfachte. Jeder zusammenhängende Gedanke verließ sie und sie konnte nur noch die Vibrationen ihrer Klitoris und ihren nahenden Orgasmus spüren. Mit einem atemlosen Schrei erreichte sie ihren Höhepunkt. Ihre Muskeln zuckten, während Dylan seine Bewegungen verlangsamte und seinen Kopf von ihrer Muschi hob.

Ihre Blicke trafen sich. Seine Augen waren voller Leidenschaft, seine Lippen noch feucht von ihren vereinten Säften. Ohne den Blickkontakt zu unterbrechen, rutschte Dylan nach oben, sodass ihre Köpfe auf gleicher Höhe waren.

„Ich liebe dich, Zara. Es gab immer nur dich."

Er zog seine Hüften zurück und stieß seine Erektion bis zum Anschlag in sie hinein, sodass bei der kraftvollen Bewegung die gesamte Luft aus ihrer Lunge strömte.

„Fuck!", zischte er. „Das ist sogar noch besser als letzte Nacht … oder heute Morgen."

Bevor sie ihm zustimmen konnte, nahm er ihre Lippen gefangen und küsste sie. Sie schlang ihre Arme um ihn und streichelte seinen Rücken, bevor sie sie zu seinem Hintern hinabgleiten ließ und ihn fest umklammerte, um ihn tiefer in sich hineinzudrücken.

Dylan stöhnte in ihren Mund, sichtlich erfreut über ihre Handlung. Er erhöhte sein Tempo und die Intensität, mit der er sie nahm. Das hatte sie schon immer an ihm geliebt, die Wildheit, die sie in ihm hervorrufen konnte, weil es ihr Verlangen nach ihm befriedigte, eins mit ihm zu sein. Ihr Hunger nach ihm wuchs mit jedem Stoß und jedem Rückzug. Sie spornte ihn an, ermutigte ihn, tiefer und härter einzutauchen, sie zu nehmen, als ob er sie besäße, als ob sie ihm gehörte. Dieses Wissen erfüllte ihr Herz mit Wärme und ihren Körper mit Erregung.

Lustvolle Geräusche hallten von den Wänden des Zimmers wider und echoten in ihren Ohren. Jede Bewegung war geschmeidig, ihre Körper glänzten vor Schweiß und ihre Atemzüge vermischten sich zu einem Kuss, den keiner trennen wollte. Die Zeit schien stillzustehen und nur sie beide existierten in diesem Moment, einem Moment, den sie niemals beenden wollte. Aber es gab Gesetze der Natur und der Physik, die nicht gebrochen werden konnten, egal wie sehr sie sich wünschte, dass dieser Moment ewig andauerte.

Dylans Schwanz war steinhart und größer, als sie ihn jemals gespürt hatte. Sie spürte, wie er seinen Winkel ein wenig veränderte, und seine Stöße wurden augenblicklich intensiver und entzündeten ihre Klitoris, als hätte er ein Streichholz daran entfacht. Ihre Erregung katapultierte sie direkt an den Rand eines weiteren Höhepunkts. Sie verharrte mehrere Sekunden lang dort, während Dylan weiter in sie eindrang. Er löste seine Lippen von ihren, atmete jetzt unregelmäßig und ein tiefes Stöhnen rollte über seine Lippen, während die Adern in seinem Hals hervortraten, als ob der Druck zu groß würde.

Für einen Moment befürchtete sie, dass er wieder eine Vorahnung hatte, aber dann spürte sie plötzlich, wie sein Schwanz zuckte und Wärme ihre Scheide durchflutete, während er seinen Höhepunkt erreichte. Nur eine Sekunde später überkam sie ihr eigener Orgasmus und sie brachen aufeinander zusammen.

Zara war nicht in der Lage, auch nur ein einziges Glied zu bewegen. Dylan lag auf ihr und stützte sein Gewicht teilweise mit seinen Ellbogen ab. Sie schlang ihre Arme fest um ihn, denn sie wollte sich nicht von ihm trennen.

„Ich liebe dich, Dylan. Ich liebe dich so sehr."

Sie schaute ihm in die Augen und sah, wie sich ihr eigenes Gesicht in seinen tiefblauen Teichen widerspiegelte.

Als er sich bewegte, packte sie seinen Hintern. „Nein!" Sie wollte nicht, dass er aus ihr herausrutschte. Sie brauchte diese Verbindung, weil sie sich dadurch geschätzt und sicher fühlte.

„Ich bin schwer", protestierte er, obwohl in seinen Worten keine Überzeugungskraft steckte.

„Es ist mir egal." Sie hatte es schon immer geliebt, sein Gewicht auf sich zu spüren, und heute Abend war keine Ausnahme. „Ich liebe es, dich in mir zu spüren."

Er lachte leise. Dadurch sah er viel jünger aus, als er war. In seinen Augen lag ein Funkeln, etwas, das sie in all den Jahren, in denen sie getrennt gewesen waren, vermisst hatte. Mit seinem Zeigefinger tippte er auf ihre Nasenspitze.

„Wenn du mich weiterhin so einsperrst", murmelte er mit rauer und gefühlvoller Stimme, „dann verlassen wir dieses Zimmer nie."

„Willst du das Zimmer verlassen?", forderte sie ihn heraus.

„Nein. Aber irgendwann müssen wir es vielleicht tun." Er bewegte seine Hüften und drückte seinen Schwanz wieder etwas tiefer in sie hinein. Er lächelte und strich mit seinem Daumen über ihre Lippen. „Das fühlte sich so gut an. Noch besser, als ich es in Erinnerung hatte. Und glaub mir, ich erinnere mich, dass es immer wundervoll war, mit dir zu schlafen."

Zara umfasste seine Wange und er drehte seinen Kopf, um ihr einen Kuss in die Handfläche zu drücken. „Wir passen schon immer perfekt zusammen. Das hat sich doch nicht geändert, oder?"

Er bewegte seinen Kopf hin und her. „Das wird sich auch nie ändern."

„Aber du und ich, wir haben uns verändert", sagte sie und begegnete seinem Blick. In seinen Augen lag jetzt Ernst.

„Die Flucht hat mich verändert. Aber ich glaube, dass ich jetzt stärker bin. Stark genug, um es mit meinen Feinden aufzunehmen." Er zeigte zur Tür. „Mit der Hilfe meiner Freunde."

„Wie lange kennst du sie schon?"

„Ich habe Ace gestern zum ersten Mal im Café getroffen und die anderen heute Morgen."

Sie runzelte die Stirn. „Aber hast du nicht gesagt, dass ihr alle im selben Programm bei der CIA wart?"

„Ja, aber wir haben nie zusammengearbeitet. Unser Direktor, Henry Sheppard, glaubte, dass es für uns alle sicherer sei, einander nicht zu kennen. Er dachte, dass es für Männer mit unseren Fähigkeiten gefährlich sein könnte, unsere Kräfte zu bündeln und in Versuchung zu geraten, sie für Böses einzusetzen."

„Glaubst du das?"

„Nicht mehr. Ich glaube, wir sind gemeinsam stärker. Wir werden in der Lage sein, unsere individuellen Stärken und unsere

Vorahnungen zu bündeln, um einen Weg zu finden, unsere Feinde zu Fall zu bringen und eine Katastrophe zu verhindern."

„Du meinst den Bombenanschlag in D.C.?"

Er zuckte mit den Schultern. „Das ist noch nicht alles, glaube ich. Ja, es wird einen Bombenanschlag geben, möglicherweise mehr als einen, aber wir wissen noch nicht, was dieser bezwecken soll. Wir sind uns nicht sicher, wen oder was er zerstören will."

Sie erinnerte sich an den Codenamen, den er verwendet hatte, als er ihr von dem Verdächtigen erzählt hatte. „Polo? Der ehemalige Stargate-Agent?"

„Er ist unser bester Verdächtiger."

Plötzlich ließ sie ein knisterndes Geräusch, das von der Decke kam, aufschrecken. Panik erfasste sie und sie bewegte sich unwillkürlich. Dylans Schwanz glitt aus ihrer Scheide.

„Wer zu Abend essen möchte, kommt in die Küche", ertönte die Stimme einer Frau aus einem versteckten Lautsprecher. *„Ich werde für niemanden aufwärmen."*

Zara atmete erleichtert auf. „Das hat mich erschreckt."

„Ich wusste auch nicht, dass es im Haus ein Lautsprechersystem gibt", gab Dylan zu und stand auf.

Sie ließ ihren Blick über seinen nackten Körper gleiten und bewunderte seine straffen Muskeln und seinen anmutigen Gang, als er zum Badezimmer ging.

Er schaute über seine Schulter. „Kommst du? Du hast Lilly gehört: Sie wärmt niemandem das Abendessen auf, und laut Yankee meint sie ernst, was sie sagt." Er zwinkerte ihr zu. „Und es ist Zeit für dich, den Rest der Bande kennenzulernen, denn wir werden hier wohnen, bis das alles vorbei ist."

„Wir? Hier?" Zara sprang auf und ging auf ihn zu. „Aber ich habe eine Wohnung in der Stadt. Von dort aus kann ich problemlos zur Arbeit pendeln. Ich kann nicht einfach –"

Er legte einen Finger auf ihre Lippen. „Das wirst du aber tun müssen. Was ich gesehen habe, steht uns unmittelbar bevor. Ich lasse dich auf keinen Fall aus den Augen. Und es gibt keinen besseren

Schutz als hier in der Villa. Von nun an hast du fünf gut ausgebildete Leibwächter.“

„Aber ich muss zur Arbeit“, protestierte sie. „Der Senat tagt noch bis Ende dieser Woche.“

„Darüber reden wir später.“

Seine Stimme war fest und sie wusste, was das bedeutete. Er würde sich nicht umstimmen lassen. „Du bist immer noch so stur wie eh und je.“

Er zuckte mit den Schultern. „Na dann gewöhne dich daran. Wenn es um dein Wohlergehen geht, werde ich niemals nachgeben. Ich habe dich schon einmal verloren. Ich werde auf keinen Fall riskieren, dich ein zweites Mal zu verlieren.“

Sie seufzte und verzog das Gesicht. „Männer!“

Unerwartet zog er sie an seinen nackten Körper, seine Brust an ihren Busen gedrückt. „Du würdest dasselbe tun, wenn ich in Gefahr wäre. Verdammt, du bist hier eingebrochen, um mich zu retten, ohne zu wissen, in welche Gefahr du geraten könntest.“ Er gab ihr einen sanften Klaps auf den Po. „Und dafür sollte ich deinen süßen Hintern versohlen. Du hast Glück, dass es Zeit zum Abendessen ist.“

Er küsste sie und erstickte damit ihren Protest.

14

Zara nahm am großen Esstisch in der Küche des Herrenhauses Platz. Dylan hatte sie den anderen vier Paaren vorgestellt und sie befürchtete, dass es ewig dauern würde, bis sie sich alle Namen merken könnte, insbesondere weil die Frauen ihre Freunde beim Vornamen nannten, während die Männer sich gegenseitig mit ihrem CIA-Codenamen ansprachen.

„Wie seid ihr auf eure Codenamen gekommen?", fragte Zara und sah zuerst Dylan und dann die anderen Männer an.

„Wir haben sie nicht selbst ausgewählt", sagte Dylan. „Der Mann, der uns alle für das Stargate-Programm rekrutierte, hat uns unsere Namen gegeben."

„Oh, also, ähm, über das Programm. Was habt ihr dort tun müssen? Ich meine, mit euren Vorahnungen?"

Dylan gab Ace ein Zeichen.

Ace nickte und antwortete: „Hast du schon einmal von Remote Viewing gehört?"

Sie nickte. „Ich habe einmal einen Dokumentarfilm gesehen, in dem es erwähnt wurde, aber war dieses Programm nicht ein Fehlschlag?"

„War es. Aber nur, weil die Leute, die die CIA dafür rekrutierte, keine präkognitiven Fähigkeiten hatten. Henry Sheppard, mein Adoptivvater, war damals Teil dieses gescheiterten Programms. Er erkannte jedoch, dass das Programm ein Erfolg sein würde, wenn er es erneut starten und Männer wie sich selbst finden könnte, Männer mit Vorahnungen."

„Also hat er nach euch allen gesucht. Aber wie? Ich meine, woher konnte er überhaupt wissen, dass jemand ein Präkognitiver ist? Jeder könnte so tun, als wäre er ein Hellseher, nichts für ungut", fügte sie schnell hinzu.

Die anderen lachten und Zara kostete ihr Essen. „Oh, das ist übrigens köstlich."

„Danke", sagte Lilly. „Morgen Abend bist du an der Reihe zu kochen."

„Oh!" Erschrocken verschluckte Zara sich fast an ihrem Essen.

Dylan lachte.

Lilly wandte sich an Dylan. „Lach nicht. Die Männer kommen hier nicht ungeschoren davon. Du bist zum Aufräumdienst eingeteilt."

Jetzt war Zara diejenige, die lachen musste. Dylan schmunzelte. „Kein Problem."

„Also, um auf deine Frage zurückzukommen", sagte Ace jetzt. „Es gibt etwas, woran wir einander erkennen."

Sie runzelte die Stirn und sah alle fünf Männer der Reihe nach an, aber es gab nichts, was sie als etwas Besonderes hervorstechen ließ. „Wie?"

„Wir spüren ein Kribbeln im Nacken, wenn wir in der Nähe eines anderen Präkognitiven sind", erklärte Dylan an Aces Stelle.

„Wow. Das ist erstaunlich! Ich meine, spürt ihr das jetzt alle?"

„Ja", sagte Dylan.

„Man gewöhnt sich daran", meinte Fox. „Nachdem ich nun schon ein paar Monate mit diesen Kerlen zusammenlebe, merke ich es kaum noch."

„Aber es ist immer noch da? Oder verblasst es?", fragte Zara.

„Es verblasst nicht", antwortete Fox.

Sie warf Ace einen Blick zu. „Dylan sagte, dass du ihm angeboten hast, jetzt hier zu wohnen."

„Das stimmt."

„Ähm, er sagte, ähm, dass ich ..."

Dylan legte eine Hand auf ihren Unterarm. „Lass mich." Er wandte sich an Ace. „Ich habe Zara gesagt, dass es in Ordnung wäre, wenn sie hier bleibt."

„Ist es. Vorausgesetzt du bringst ihr bei, zu erkennen, ob ihr jemand folgt. Wir können nicht zulassen, dass sie unabsichtlich jemanden hierherführt", mahnte Ace mit ernster Miene.

„Ich werde mich darum kümmern", sagte Dylan. „Außerdem wird sie das Haus nicht oft verlassen."

Zara öffnete bereits den Mund, um zu protestieren, bekam aber keine Chance, weil Phoebe plötzlich vor Schmerz zusammenzuckte.

„Autsch!"

„Was ist los, Baby?" Ace drehte sich sofort zu ihr, nahm ihre Hand und beugte sich näher. Er war plötzlich nicht mehr der entschlossene Anführer dieser bunt zusammengewürfelten Truppe ehemaliger CIA-Agenten. Er war ein besorgter Freund und zukünftiger Vater.

„Das Baby drückt stark auf einen Nerv. Ich glaube, ich muss aufstehen", sagte Phoebe und stützte sich am Tisch ab.

Ace half ihr beim Aufstehen und stützte sie. „Wie wäre es, wenn ich dich nach oben bringe, damit du dich ausruhen kannst?"

„Ich möchte dein Abendessen nicht unterbrechen", sagte sie leise, während sie eine Hand in ihren Rücken legte und scharf ausatmete.

„Ich bin sowieso fertig mit dem Essen."

„Lügner."

Er lachte und drückte ihr einen Kuss auf die Wange. „Ich habe dich in diesen Zustand gebracht. Jetzt muss ich mich auch um dich kümmern." Er drehte kurz den Kopf. „Gute Nacht, Leute. Bis morgen."

Während ihnen alle eine gute Nacht wünschten, blieb Zaras Blick auf Phoebe hängen, als Ace sie in den Flur führte und ihr Gewicht so gut er konnte stützte.

Plötzlich spürte sie, wie Dylan ihren Arm drückte, und sah ihn an. Er lächelte sie an und sie wusste instinktiv, was er dachte, denn es war das Gleiche, was sie dachte: Ein ehemaliger CIA-Agent auf der Flucht konnte mit der Frau zusammen sein, die er liebte, und konnte sogar eine Familie gründen. Ace und Phoebe würden trotz der Situation, in der sie sich befanden, bald ein Kind auf die Welt bringen. Alles war möglich, wenn sie es nur stark genug wollten. Wollten sie und Dylan es stark genug? Wollten sie einander so sehr, dass sie dieses Risiko eingehen konnten? Zusammen zu sein, auch wenn das bedeutete, dass sie Opfer bringen müssten? War es nicht genau das, worum es bei der Liebe ging? Für diejenigen, die man liebte, Opfer bringen? Jeden Tag zu leben, als wäre es der letzte, und dennoch zu hoffen, dass das Leben niemals endete?

15

Dylan ging die große Treppe des Herrenhauses hinunter. Er konnte bereits Stimmen aus der Küche hören. Zara war gerade aufgewacht, als er sich angezogen hatte.

Der Duft von Kaffee wehte zu ihm und er folgte diesem in die Küche. Sonnenlicht strömte durch mehrere Fenster herein und ließ den Raum luftig und hell erscheinen. Olivia, Tigers Freundin, stand am Herd und briet Spiegeleier, während Ace sich eine Tasse Kaffee einschenkte. Yankee und Lilly saßen am Tisch, tranken Kaffee und aßen Toast.

„Morgen", begrüßte Dylan sie und erhielt als Antwort die gleichen Grüße.

„Gut geschlafen?", fragte Ace.

„Ja", sagte Dylan grinsend. „Aber nicht genug." Und das war allein Zaras Schuld. Naja, vielleicht ein bisschen auch seine. Schließlich war es schwer, *Nein* zu ihr zu sagen, besonders wenn sie vier Jahre Trennung aufholen mussten.

Er war gut gelaunt. Und das war schon lange nicht mehr passiert.

„Nimm dir einen Kaffee", sagte Ace und trat von der Theke zurück, nachdem er seine eigene Tasse gefüllt hatte. „Wenn du was essen willst, bediene dich einfach. Im Kühlschrank sind Speck, Eier und noch ein paar andere Sachen."

„Danke, Kaffee reicht." Er frühstückte selten, obwohl er heute trotz des großen, späten Abendessens, das er zu sich genommen hatte, hungrig war. Er schenkte sich eine Tasse ein und setzte sich zu den anderen an den Tisch.

Der Fernseher lief, allerdings war er so leise gestellt, dass er bei der Unterhaltung nicht störte.

„Wie geht es Phoebe heute Morgen?", fragte Dylan.

Ace nahm einen Schluck von seinem Kaffee, bevor er antwortete: „Sie ist erst vor ein paar Stunden eingeschlafen. Das Baby wird zu groß."

„Tut mir leid, das zu hören."

„Ich werde später nach ihr sehen", bot Lilly an. „Das Baby ist schon seit fast vier Wochen in der richtigen Position. Es könnte jetzt jeden Tag kommen."

Ace seufzte. „Bist du bereit für die Entbindung, Lilly? Ich weiß, dass es eine große Verantwortung ist, aber wir können sie nicht in ein Krankenhaus bringen. Vielleicht hätte ich früher darüber nachdenken und eine Hebamme engagieren sollen. Verdammt!" Er rieb sich sichtlich besorgt den Nacken.

Lilly legte ihre Hand auf seinen Unterarm. „Ich weiß, dass du dir wegen der Entbindung Sorgen machst, aber glaub mir, ich habe alles gelesen, was es über Hausgeburten zu wissen gibt; und ich habe mir jedes Video auf YouTube angeschaut. Ich weiß alles, was man wissen muss."

Langsam nickte Ace. „Tut mir leid, ich will dich nicht verunsichern."

„Und bist du nicht Ärztin, Lilly?", fragte Dylan stirnrunzelnd.

Sie drehte ihren Kopf zu ihm. „Ja, aber ich bin in der Forschung gelandet. Abgesehen von meiner Assistenzzeit habe ich nicht wirklich mit Patienten zu tun gehabt. Aber in den letzten Monaten, seit ich hier in der Villa wohne, musste ich meine Fähigkeiten ein paar Mal anwenden."

Olivia wandte sich vom Herd ab und kam mit einem Teller mit Spiegeleiern zum Tisch. „Lilly hat Tiger geholfen, nachdem Smith ihn gefangen und in diese verdammte Gehirnsaugmaschine gesteckt hatte."

„Sag's nur wie's ist, Babe", sagte Tiger von der Tür aus. „Das ist eine Gehirnsaugmaschine." Er grinste und zwinkerte ihr zu. „Sie ist Autorin und findet immer die richtigen Worte", scherzte er.

Die anderen lachten und Dylan musste auch lachen. Jeder in seiner Gruppe aus ehemaligen CIA-Agenten und ihren Freundinnen hatte unterschiedliche Fähigkeiten und Stärken, und jeder trug auf seine Weise bei, so gut er konnte.

„Verdammt!", zischte Tiger plötzlich und zeigte auf den Fernseher. „Dreh die Lautstärke hoch."

Yankee griff nach der Fernbedienung und drehte den Ton lauter. Ein Reporter sprach von irgendwo außerhalb des Weißen Hauses.

„Wir erhielten soeben die Bestätigung, dass David Grossman, der Sohn von Vizepräsidentin Grossman, unerwartet im Armeekrankenhaus in Landstuhl, Deutschland, verstorben ist. Er war einen Tag zuvor bei einem Friendly-Fire-Vorfall in Afghanistan verletzt und zur Behandlung nach Deutschland geflogen worden. Die genaue Todesursache ist noch nicht bekannt, aber Quellen zufolge könnte es sich um ein Blutgerinnsel gehandelt haben. Eine Autopsie ist geplant. Das Büro der Vizepräsidentin hat bestätigt, dass der Sarg mit David Grossman morgen Früh auf der Joint Base Andrews eintreffen wird, wo er von der Vizepräsidentin und dem Präsidenten empfangen wird."

„Joint Base Andrews? Das kann nicht sein", meinte Yankee, wandte sich vom Fernseher ab und blickte auf die Versammelten.

Fox und Michelle betraten die Küche. „Wir haben es gerade gehört", sagte Fox. „Es ist überall in den Nachrichten und in den sozialen Medien." Fox zeigte auf sein Tablet und er und Michelle kamen näher.

„Gefallene Soldaten werden nach Dover in Delaware geflogen. Ich war in der Armee, das weiß ich", fuhr Yankee fort. „Sie würden ihn nicht zur Joint Base Andrews fliegen."

„Könnte es daran liegen, dass er der Sohn der Vizepräsidentin ist?", fragte Dylan. „Vielleicht machen sie eine Ausnahme. Andrews liegt auch näher."

„Das ist es", sagte Ace und starrte alle an, während er mit dem Finger auf den Fernseher zeigte, wo die Nachrichtensendung weiterlief und Stockaufnahmen von einem Militärflugzeug zeigte, aus dem mehrere Marine-Soldaten einen Sarg ausluden, über dem eine amerikanische Flagge drapiert war. „Das habe ich gesehen. Sechs Marinesoldaten tragen einen Sarg."

„Deine Vorahnung?", fragte Dylan.

Ace nickte. „In meiner Vorahnung sehe ich sie einen Sarg tragen. Ich spürte die Explosion und die Hitze. Sie gingen direkt ihrem Untergang entgegen." Er schloss die Augen, als versuchte er, sich an weitere Einzelheiten zu erinnern. Ohne die Augen zu öffnen, fuhr er fort: „So fängt es an."

„Wenn du recht hast", sagte Yankee, „wenn es bei der Ankunft des Sarges zu einer Explosion kommt, werden die Vizepräsidentin und der Präsident sterben."

„Ja." Ace öffnete seine Augen.

„Das würde den derzeitigen Sprecher des Repräsentantenhauses zum nächsten Präsidenten machen", überlegte Dylan. „Wer ist der derzeitige Sprecher?"

„Johnson", sagte Fox und alle erstarrten. „Verdammt!"

„Glaubst du, er ist James Johnson? Polo?", fragte Dylan. Dann würde alles einen Sinn ergeben.

„Nein", sagte Michelle. „Ich dachte, sein Vorname wäre Philip."

Fox tippte auf sein Tablet. „Eigentlich ist es J. Philip Johnson."

„Wofür steht das J?", fragte Ace.

„Eine Sekunde." Es wurde still im Raum und nur das Tippen von Fox' Fingern auf dem Tablet war zu hören. Endlich blickte er auf. „Sein voller Name ist James Philip Johnson, aber er verwendet seinen zweiten Vornamen, weil der Name seines Vaters ebenfalls James ist und er nicht gerne mit ihm verwechselt wird."

Dylan spürte, wie die Aufregung durch seine Adern schoss, und den Blicken der anderen nach zu urteilen, ging es ihnen genauso.

„Foto?", fragte Ace.

„Lasst uns in den Kommandoraum gehen", schlug Fox vor.

Alle folgten ihm. Fox setzte sich an den ersten Computer und tippte auf der Tastatur, während Dylan auf den Bildschirm starrte. Es dauerte noch ein paar Sekunden, bis der große Monitor an der Wand ein Foto zeigte.

„Das ist der Sprecher. Er ist einundvierzig, das würde also mit Polos Alter übereinstimmen, den wir auf Ende dreißig bis Anfang vierzig schätzen. Aber hier wird es schwierig", sagte Fox und zeigte auf ein zweites Foto, auf dem Polo abgebildet war. „Der Sprecher des Repräsentantenhauses wurde vor etwa elf oder zwölf Jahren bei einem Chemieunfall verletzt. Er musste sich einer Gesichtsrekonstruktion unterziehen, was bedeutet, dass es so gut wie unmöglich ist herauszufinden, ob er Polo ist."

„Das stimmt zeitlich mit dem Zeitpunkt überein, als Sheppard ihn aus dem Programm warf", überlegte Dylan.

Ace nickte. „Ja. Wie steht es mit den Augen?"

Fox zuckte mit den Schultern. „Die können ganz einfach mit farbigen Kontaktlinsen verändert werden."

„Gibt es keine Fotos aus der Zeit, als der Sprecher jünger war?", fragte Dylan.

„Ich lasse eine Suche laufen, aber bisher konnte ich nichts finden, was helfen könnte. Ich werde weiter suchen."

„Ich helfe dir", bot Michelle an und setzte sich neben ihn an einen Computer.

Dylan wandte sich an Ace. „Glaubst du, dass Polo das inszeniert hat? Das sind viele Teile, die er hätte jonglieren müssen. Wie konnte er wissen, dass der Sohn der Vizepräsidentin in Afghanistan angeschossen werden und dann sterben würde?"

„Er könnte eine Vorahnung über den Sohn der Vizepräsidentin gehabt haben, entweder seine eigene oder eine, die der Quantencomputer erzeugt hat. Er hat bereits einige der Daten und obwohl der Computer ganz bestimmt sein Potenzial noch nicht erreicht hat, kann es doch sein, dass die Gehirnscans, die er bereits hat, dafür ausreichen, oder?", fragte Ace.

Yankee trat näher. „Wenn er gewusst hätte, dass der Sohn der Vizepräsidentin verletzt werden würde, hätte er alles Weitere einleiten können. Ich meine, er hätte jemanden dazu bringen können, ihn in Deutschland zu töten. Das ist nicht so schwer."

Lilly gesellte sich zu ihnen. „Yankee hat recht. Jemand im Krankenhaus hätte eine Luftblase in seine Infusion spritzen können, und er wäre an einer Embolie gestorben. Schwer zu beweisen."

Dylan nickte. Mit den richtigen Verbindungen und Zugang zum Krankenhaus wäre es in der Tat einfach. „Er hat Attentäter hinter uns hergeschickt. Wie schwer wäre es für einen seiner Leute, in das Krankenhaus in Landstuhl einzudringen und dafür zu sorgen, dass der Sohn der Vizepräsidentin stirbt, damit er in die USA zurückgeflogen wird?"

„Überhaupt nicht schwer", stimmte Ace zu.

„Und wenn er der Sprecher ist, weiß er wahrscheinlich, was die Vizepräsidentin und der Präsident in einem solchen Fall tun würden. Die Familien der beiden stehen sich nahe", sagte Yankee. „Es macht Sinn, dass Präsident Mansfield Vizepräsidentin Grossman begleiten würde, um den Sarg entgegenzunehmen."

„Und Boom", fügte Dylan hinzu, „schlagen sie zwei Fliegen mit einer Klappe. Und ein Psychopath wird Präsident."

„Ein Psychopath, der es auf uns alle abgesehen hat", fügte Tiger hinzu.

„Einer, der die Macht der Vereinigten Staaten in seiner Tasche hat. Niemand wird vor seinem Zorn sicher sein", vermutete Dylan.

Und diese Aussicht gefiel keinem von ihnen.

„Wir müssen ihn aufhalten, bevor er die Vizepräsidentin und den Präsidenten töten kann", sagte Ace mit entschlossener Stimme. „Lasst uns an die Arbeit gehen."

16

In dem Zimmer, das sie sich mit Dylan geteilt hatte, duschte Zara und zog sich an, bevor sie nach ihrem Handy griff und es einschaltete. Sie hatte es sich zur Gewohnheit gemacht, es immer auszuschalten, wenn sie schlief, obwohl sie wusste, dass die meisten anderen Angestellten im Capitol ihr Handy rund um die Uhr an hatten. Sie zog es vor, ein paar Stunden zu schlafen, statt ihrem Arbeitgeber ununterbrochen zur Verfügung zu stehen. Sie bezahlten ihr nicht genug, um ihr Privatleben für ihre Arbeit zu opfern.

Als sich ihr Mobiltelefon mit dem nächstgelegenen Mobilfunkmast verband, begann es mit SMS- und Sprachnachrichten zu pingen. Sie überprüfte zuerst die letzte SMS.

Wo bist du? Es war eine Nachricht von ihrer Kollegin Clara.

Zara schaute auf die Uhr. Sie war nicht zu spät dran. Wenn sie jetzt losfuhr, könnte sie es wahrscheinlich zur gewohnten Zeit zur Arbeit schaffen. Warum schrieb Clara ihr also eine SMS?

Sie scrollte nach oben, um Claras vorherige Nachrichten zu lesen. Sie waren alle von heute Morgen. Als sie die erste SMS las, blieb ihr das Herz stehen und sie schnappte nach Luft.

Der Sohn der Vizepräsidentin ist in Deutschland gestorben.

Sie musste die Nachricht zweimal lesen, bevor sie ihren Augen trauen konnte. Hatten sie am Tag zuvor nicht gesagt, dass der Zustand des Sohns der Vizepräsidentin stabil sei? Während sie durch Claras Nachrichten scrollte, erfuhr sie nichts Neues, nur dass jeder so früh wie möglich im Büro erwartet wurde, um für alles, was auf sie zukam, verfügbar zu sein.

Zara navigierte schnell zu ihren Sprachnachrichten. Eine kam von Clara, die ihr im Wesentlichen dieselbe Nachricht hinterließ, die sie per SMS geschickt hatte. Sogar Nicky und Ben hatten versucht, sie zu erreichen. Nicky hinterließ eine tränenerfüllte Nachricht, wie tragisch das sei, und Ben fragte bereits, ob sie eine Idee hätte, was ihr Büro tun könnte, um der Vizepräsidentin ihr tiefstes Beileid auszudrücken. Offensichtlich wollte Ben wie immer gut aussehen und seinen Vorgesetzten zeigen, wie sehr er sich sorgte – um seinen Aufstieg in der politischen Welt und nicht den Kummer in deren Herzen.

Zara schickte Clara eine kurze SMS und teilte ihr mit, dass sie auf dem Weg ins Büro sei.

Sie erhielt umgehend eine Antwort zurück. *Danke.*

Zara steckte ihr Handy zurück in die Handtasche, legte diese über ihre Schulter und schnappte sich ihre Jacke. Sie trug immer noch ihre Turnschuhe, aber sie würde später die Stöckelschuhe anziehen, die sie in ihrem Auto gelassen hatte.

Sie eilte die Treppe hinunter. Obwohl sie den Kaffeegeruch aus der Küche wahrnahm und hörte, wie jemand mit Geschirr und Besteck hantierte, wusste sie, dass sie dafür keine Zeit hatte. Die Tür zu einem großen Raum gegenüber der Küche stand offen und sie hörte Dylans Stimme von dort. Sie ging dorthin und trat ein.

„Dylan?", rief sie.

Alle fünf Männer sowie Michelle waren anwesend, einige von ihnen über Computertastaturen gebeugt, andere mit dem Kopf in Papieren und sich unterhaltend. Auf dem übergroßen Monitor an einer Wand waren zwei Fotos zu sehen: eines von einem jungen Mann, den sie nicht kannte, das andere von einem Mann, den sie sofort erkannte.

„Warum ist dort ein Bild des Sprechers des Repräsentantenhauses zu sehen?", fragte sie, gerade als Dylan sich zu ihr umdrehte.

„Hey, Babe", sagte er und kam näher. „Der Sohn der Vizepräsidentin ist tot."

„Ich weiß. Ich habe mehrere Nachrichten aus meinem Büro erhalten." Sie deutete auf das Bild. „Was ist mit Sprecher Johnson los?"

„Wir glauben, dass er für David Grossmans Tod verantwortlich ist."

„Wie bitte?" Sie schüttelte den Kopf. „Grossman starb in einem Armeekrankenhaus in Deutschland. Und ich weiß mit Sicherheit, dass der Sprecher diese Woche in der Stadt ist."

Ace näherte sich. „Wir sagen ja nicht, dass er die Drecksarbeit selbst gemacht hat, aber wir sind ziemlich sicher, dass er das inszeniert hat."

Dylan fügte hinzu: „Wir glauben, dass er ein abtrünniger Agent ist." Er zeigte auf das Foto des jungen Mannes auf dem Monitor. „Das ist Polo, ein Agent, der vor zwölf Jahren aus dem Stargate-Programm ausgeschieden ist. Wir glauben, dass Sprecher Johnson Polo ist. Und wir haben Grund zu der Annahme, dass er plant, den Präsidenten und die Vizepräsidentin zu töten, wenn der Sarg morgen auf der Joint Base Andrews eintrifft, damit er Präsident wird."

Zara erstarrte vor Schock und konnte Dylan und Ace nur anstarren. „Aber das kann nicht sein. Der Sprecher ist ein guter Mann. Ich bin vielleicht nicht immer mit seiner Politik einverstanden, aber er ist ein anständiger Mann."

Dylan schüttelte den Kopf. „Polo hat eine Borderline-Persönlichkeitsstörung. Er ist ein Psychopath. Die Entlassung durch Henry Sheppard nach weniger als sechs Monaten im Programm muss jemanden wie ihn schwer getroffen haben. Sein Ego wäre von einer solchen Demütigung angeknackst. Er will Rache. Und wie könnte er sich besser an allen Agenten im Programm rächen, als die Ressourcen der Präsidentschaft dafür zu nutzen?"

„Er ist größenwahnsinnig", ergänzte Ace.

Verblüfft über diese Offenbarung starrte Zara zurück auf die beiden Fotos auf dem Monitor. Sie sah keine große Ähnlichkeit zwischen den beiden Männern. Sie wusste von der Schönheitsoperation, der sich der Sprecher vor über einem Jahrzehnt nach einem Unfall unterzogen hatte. Es war möglich, dass die beiden Bilder denselben Mann zeigten.

„Ach du lieber Gott!"

Sie spürte, wie die Angst ihr den Rücken hinaufkroch. Sie hatte den Sprecher im Rahmen ihrer Aufgaben selbst ein paar Mal getroffen und er hatte immer einen charmanten und freundlichen Eindruck auf sie gemacht. Aber war nicht sogar der Serienmörder Ted Bundy sehr charmant gewesen?

„Weißt du, was genau er vorhat?", fragte sie.

„Wir wissen, dass es eine Explosion geben wird, wenn der Sarg auf amerikanischem Boden ankommt." Dylan zeigte auf Ace. „Ace hatte schon oft eine Vorahnung davon."

Ace nickte. „Obwohl ich in meiner Vision nie die Vizepräsidentin und den Präsidenten gesehen habe. Nur den Sarg und die Marinesoldaten, die ihn tragen."

„Und die Bombe? Weißt du, wo sie sein wird?", fragte sie.

Ace schüttelte den Kopf.

„Aber wir können im Moment keine Zeit damit verschwenden", sagte Dylan. „Unsere erste Priorität besteht darin, die Vizepräsidentin und den Präsidenten davon abzuhalten, zur Joint Base Andrews zu kommen. Sie werden die *Marine One* nehmen. Es ist die einzig logische Annahme. Sie würden nicht mit dem Auto fahren."

Ace nickte. „Wir müssen verhindern, dass die *Marine One* abhebt. Den Hubschrauber irgendwie deaktivieren."

„Ihr wollt fünf Hubschrauber außer Gefecht setzen?", fragte Zara ungläubig. „Ihr kommt nicht einmal nah genug ran."

„Fünf?", fragte Dylan.

„Ja", antwortete Zara, „für so etwas wird mehr als ein Hubschrauber eingesetzt. Sobald sie in der Luft sind, weiß keiner, welcher die Vizepräsidentin und den Präsidenten trägt – mindestens drei, wenn nicht vier, werden Lockvögel sein. Die Vizepräsidentin und der Präsident könnten sogar in getrennten Hubschraubern fliegen. Wie wollt ihr sie aufhalten?"

„Wir werden uns etwas einfallen lassen", versprach Dylan.

Sie war sich nicht so sicher, wie Dylan klang. Wie konnten er und seine Agentenkollegen mit diesem Druck umgehen? Sie warf einen Blick auf die anderen im Raum und bemerkte, wie alle hektisch arbeiteten.

Zara seufzte. „Ich muss zur Arbeit."

„Kommt nicht in Frage!", schnappte Dylan.

Sie biss die Zähne zusammen. „Ich muss, Dylan. Da der Sohn der Vizepräsidentin tot ist, muss ich im Büro sein. Es wird den ganzen Tag hektisch sein. Ich habe meiner Kollegin bereits Bescheid gegeben, dass ich in Kürze da sein werde. Ich werde gebraucht."

Dylan starrte sie, offensichtlich hin- und hergerissen, an. „Erinnerst du dich nicht, was ich gesehen habe? Du kannst heute nicht in die Arbeit gehen."

„Du hast gesagt, dass das Capitol explodieren wird, und du weißt nicht wann, und das Dirkson Senatsgebäude ist weit genug vom Capitol entfernt. Ich werde in Sicherheit sein."

„Du kannst nicht –"

Ace legte Dylan eine Hand auf den Arm. „Sie muss gehen. Wir brauchen vielleicht jemanden dort, für den Fall, dass es Gerede gibt, von dem wir wissen sollten."

Dylan starrte Ace böse an. „Du schlägst vor, dass sie für uns arbeitet? Auf keinen Fall! Es ist zu gefährlich."

Zara legte ihre Hand auf Dylans Brust. „Ich verspreche, dass ich nicht in die Nähe des Capitols gehen werde. Ich bleibe im Senatsgebäude, und wenn mich jemand bittet, zum Capitol zu gehen, werde ich mir eine Ausrede einfallen lassen, warum ich nicht gehen kann. In Ordnung?"

Ein paar Sekunden lang sagte Dylan nichts und sie konnte sehen, wie sein Verstand fieberhaft arbeitete. Schließlich nickte er.

„Gut, aber ich werde deinen Standort verfolgen." Er streckte seine Hand aus.

Sie holte ihr Handy aus ihrer Handtasche, entsperrte es und reichte es ihm. Er tippte kurz was ein und gab es ihr wieder zurück.

Dylan sah ihr direkt in die Augen. „Und wenn ich sehe, dass du auch nur in die Nähe des Capitols kommst, werde ich dir auf den Fersen kleben. Verstehen wir uns?"

Zara grummelte unzufrieden. Sie hasste diese Seite von ihm. „Hat dir schon jemals jemand gesagt, dass du wie ein Drill-Sergeant klingst?"

„Nein. Und du hast meine Frage noch nicht beantwortet." Er ging mit ihr auf Augenhöhe.

„Na gut! Ich verspreche es."

Sie seufzte und drehte sich um, bereit, zur Tür zu gehen, als Dylan sie zurückzog und in seine Arme nahm. Eine Sekunde später waren seine Lippen auf ihren und sein Kuss fühlte sich an, als würde er sie brandmarken, um allen zu zeigen, dass sie ihm gehörte. Zu ihrer Überraschung gab sie seinem Kuss nach. Er gab sie so schnell frei, wie er sie gepackt hatte.

Als sie zur Tür ging, rief Tiger ihr nach: „Oh, und Zara, dein Auto steht hinter dem Haus. Ich öffne das Tor automatisch für dich, wenn ich dich auf der Überwachungskamera sehe. Deine Autoschlüssel liegen auf dem Tisch im Foyer."

Sie quittierte seine Worte mit einem kurzen Nicken und verschwand.

17

———

Es war Mittag, als Olivia und Lilly Essen zur Kommandozentrale brachten, damit sie während der Arbeit essen konnten. Fox hatte Dylans Handy-Apps auf einen der Computer gespiegelt, sodass er Zaras Standort auf dem Monitor im Auge behalten konnte, ohne ständig auf sein Handy schauen zu müssen. Jeder setzte seine Fähigkeiten ein, um einen Plan auszuarbeiten, wie sie die Ermordung des Präsidenten und der Vizepräsidentin verhindern konnten.

„Wie würdet ihr eine Bombe in die Joint Base Andrews schmuggeln?", überlegte Yankee.

„Die Sicherheitsvorkehrungen dort sind wirklich streng. Es muss ein Insider-Job sein, oder?", fragte Dylan und sah Ace an, der an einem Sandwich kaute.

„Wir müssen davon ausgehen, dass Polo Kontakte zum Militär hat. Vielleicht löst er einen alten Gefallen ein", sagte Fox hinter seinem Computer und hörte kurz auf, auf seine Tastatur zu tippen.

„Selbst wenn er eine Person im Inneren hat", sagte Yankee, „wird alles, was dort hineingeht, überprüft. Wir reden doch nicht von einem Feuerwerkskörper, oder, Ace?"

Ace schüttelte den Kopf. „Nein. Es ist auf jeden Fall eine große Explosion. Es ist nichts, was man an seinem Körper verstecken und hineinschleusen könnte. Es muss groß genug sein, um den Präsidenten und die Vizepräsidentin in Stücke zu reißen, egal wo sie stehen."

Aces Worte lösten bei Dylan einen Gedanken aus. „Sie wären nah am Sarg, nicht wahr, ich meine die Vizepräsidentin und der Präsident?"

Alle nickten.

„Was denkst du?", fragte Ace.

„Was, wenn sie die Bombe nicht am Sicherheitsdienst von Joint Base Andrews vorbei schmuggeln müssen? Was, wenn sie dort landet?"

Die Augen seiner Agentenkollegen weiteten sich.

„Du meinst –" Tiger hielt inne und nickte vor sich hin.

Dylan nickte. „Der Sarg. Sie werden den Sarg nicht öffnen, wenn er in Andrews ankommt."

„Verdammt!", fluchte Ace.

„Es ist wirklich genial", stimmte Tiger zu.

Yankee brummte. „Die Sicherheit auf dem Stützpunkt in Deutschland ist vielleicht etwas weniger streng. Und wenn die Leiche bereits im Krankenhaus in Landstuhl in den Sarg gelegt und dieser nicht wieder geöffnet wird, dann hat derjenige, der dafür gesorgt hat, dass David Grossman stirbt, auch die Bombe in seinen Sarg gelegt."

„Klingt machbar", überlegte Ace. „Aber wie lässt er die Bombe detonieren?"

„Kann kein Timer sein", sagte Fox sofort und stand jetzt von seinem Stuhl auf. „Dazu gibt es zu viele Variablen. Wenn das Flugzeug aufgrund des Wetters Verspätung hat oder umgeleitet wird, besteht die Möglichkeit, dass die Bombe explodiert, während das Flugzeug noch in der Luft ist."

„Du hast recht", stimmte Dylan zu. „Dann bleibt nur eine Ferndetonation. Machbar, oder?"

Fox nickte. „Total. Aber Polo müsste den genauen Zeitpunkt kennen, zu dem der Präsident und die Vizepräsidentin nahe genug am Sarg sind. Und mir ist nicht bekannt, dass der Sprecher des Repräsentantenhauses sie nach Andrews begleitet."

Dylan schüttelte den Kopf. „Er kann von jedem Fernseher aus tun, was er tun muss. Die Presse wird über dieses Ereignis live berichten, oder? Er wird sehen, wann der richtige Moment ist."

„Verflucht!" Ace fuhr sich mit der Hand durchs Haar.

Lilly, die neben Yankee stand, räusperte sich plötzlich. „Könnt ihr nicht einen anonymen Tipp machen, dass dort eine Bombe losgehen wird?"

Dylan wechselte einen Blick mit Ace und beide schüttelten den Kopf.

„Wir haben nichts, was den Sprecher mit der Bombe in Verbindung bringt. Und wir können ihn nicht verschrecken", sagte Ace mit Bedauern.

„Wir müssen ihn zuerst eliminieren. Wenn er herausfindet, dass wir ihm auf den Fersen sind, könnte er verschwinden", fügte Dylan hinzu. „Wir dürfen nicht verraten, dass wir von seinem Plan wissen. Alles, was wir tun, muss so aussehen, als wäre es ein Unfall oder ein glaubwürdiger Zufall."

Yankee sah Lilly an. „Aber es war ein netter Vorschlag."

Lilly zuckte mit den Schultern. „Tja, das war meine einzige Idee." Sie schnappte sich das Serviertablett. „Oh, Ace, du solltest mal zu Phoebe hochschauen. Sie klagte über Rückenschmerzen. Ich kann ihr nichts dafür geben, aber vielleicht kannst du ihr ein wenig den Rücken massieren, um ihr gegen die Schmerzen zu helfen? Oder ich kann es tun ..."

Ace sprang auf. „Ich mache es. Ich muss sowieso meinen Kopf frei bekommen." Er folgte Lilly aus dem Zimmer und schloss die Tür hinter sich.

„Bei all dem, was gerade vor sich geht, kann es für ihn nicht einfach sein", sinnierte Dylan. „Ich hoffe, dass es ihr gut geht." Er hatte Phoebe nur am Abend zuvor beim Abendessen gesehen. Sie hatte müde ausgesehen und sich träge bewegt.

„Phoebe ist stark", kommentierte Michelle.

„Und Ace kann viel mehr bewältigen, als wir denken", sagte Fox und setzte sich wieder auf seinen Stuhl. „Aber wenn es hart auf hart kommt, können wir seine Arbeit übernehmen."

„Nun, dann sollten wir uns besser eine brillante Idee einfallen lassen, wie wir diese Katastrophe verhindern können", sagte Dylan und schaute die anderen an. „Wenn wir die Bombe also nicht entschärfen können, müssen wir den Präsidenten und die Vizepräsidentin daran hindern, mit der Marine One dorthin zu fliegen."

„Ja, aber wenn wir die Marine One irgendwie außer Gefecht setzen", sagte Tiger skeptisch, „dann nehmen sie die Limousine. Dauert zwar länger, aber sie kommen trotzdem an."

„Nicht unbedingt", meinte Fox plötzlich.

Alle drehten sich zu ihm um und warteten auf eine Erklärung seiner kryptischen Worte.

„Erklär das", sagte Dylan schließlich.

„Ich glaube, ich habe eine Idee, wie wir alle Hubschrauber in der Nähe deaktivieren und sicherstellen können, dass der Secret Service den Präsidenten und die Vizepräsidentin in den Bunker unter dem Weißen Haus bringt", erklärte Fox.

Mehrere Augenbrauenpaare hoben sich.

„Und wie machen wir das? Kennst du jemanden vom Secret Service?", fragte Yankee.

„Nein", sagte Fox, „aber ich kenne ihre Protokolle. Wenn sie glauben, dass eine direkte Bedrohung für POTUS und VPOTUS besteht, werden sie sich an das Protokoll halten."

„Und Polo? Wird ihn das nicht misstrauisch machen?", fragte Dylan.

Fox zuckte mit den Schultern. „Der Secret Service wird nicht sofort verraten, warum sie ihre Schützlinge in den Bunker bringen. Wenn alles so läuft, wie ich es erwarte, verschaffen wir uns ein paar Stunden Zeit. Wenn wir Glück haben, reicht es, uns Polo zu schnappen."

„In Ordnung", sagte Dylan. „Was müssen wir tun?"

18

Alles lief wie am Schnürchen. Polo schaute aus dem Fenster des Wohnzimmers in seiner Eigentumswohnung, wo nur eine schwache Leselampe für Beleuchtung sorgte. Er konnte das Treiben draußen beobachten, ohne gesehen zu werden. Nicht, dass es im Moment wichtig wäre. Niemand verdächtigte ihn eines Fehlverhaltens. Er war vorsichtig gewesen und hatte dafür gesorgt, dass ihn niemand damit in Verbindung bringen konnte, was sich morgen ereignen würde.

Zum ersten Mal seit langer Zeit war er zufrieden. Bald würde er alles haben, was er wollte, und seine Feinde und alle anderen, die seinem Plan im Weg standen, würden ein schnelles, aber blutiges Ende finden. Seine künftige Macht war jetzt fast greifbar. Und niemand würde ihn jemals wieder entlassen können, als könnte er nicht mithalten. Die Wut, die er über Henry Sheppards Verrat empfand, schmeckte heute, viele Jahre später, immer noch bitter auf seiner Zunge. Sheppard hatte ihn ungerecht behandelt. Er hatte seine anderen Agenten ihm vorgezogen und ihn wie einen Aussätzigen verstoßen, obwohl seine präkognitiven Fähigkeiten ausgeprägter und schärfer waren als die der anderen Agenten. Das hatte Sheppard selbst gesagt, kurz nachdem Polo sein Training bei der CIA begonnen hatte.

Dennoch hatte er ihn nach weniger als sechs Monaten aus dem Programm mit der Begründung ausgeschlossen, er sei für das Stargate-Programm nicht geeignet.

Blödsinn! Nur Polo verstand, dass die Macht der Voraussicht nicht an ein CIA-Programm verschwendet werden sollte, das kein wirkliches Ziel hatte, außer dem, Katastrophen zu verhindern. Es war ihm völlig egal, ob er Katastrophen verhindern konnte. Er wusste, dass seine Gabe besser genutzt werden konnte, um andere Regierungen auf die Knie zu zwingen und ihnen zu zeigen, dass die USA allmächtig und die einzige verbleibende Supermacht war. Eine Supermacht mit einem Herrscher, der es verstand, andere Nationen zu kontrollieren.

Es hatte länger als erwartet gedauert, alles so vorzubereiten, dass sein Plan reibungslos umgesetzt werden konnte. Leider musste er mit Idioten wie Smith zusammenarbeiten, der bei den ihm gestellten Aufgaben mehrfach versagt hatte. Aber schon bald würde selbst dieser inkompetente Trottel erledigt sein, sodass er nie wieder den Plan gefährden konnte, den Polo so sorgfältig ausgeheckt hatte.

Er wandte sich von der Skyline von D.C. ab und ging zum Getränkeschrank, wo er sich einen zwanzig Jahre alten Scotch einschenkte. Er trank ihn in einem Zug aus und genoss den Geschmack. Vielleicht war es zum Feiern etwas zu früh, aber jetzt konnte ihn niemand mehr aufhalten. Alles war festgelegt und würde reibungslos ablaufen, ein Dominostein würde den nächsten umstoßen und eine Kettenreaktion auslösen, die unvermeidlich war.

Ein Handy klingelte und das Geräusch durchdrang die Stille in seiner Wohnung. Es war sein Wegwerfhandy, über das er ausschließlich mit Smith kommunizierte. Er verfügte über ein anderes Wegwerfhandy, um die wenigen Leute zu kontaktieren, die Dinge ausführten, die er Smith nicht anvertrauen konnte.

„Ja?"

„Mr. Jones, hier ist Smith."

Er hatte den Anruf erwartet. „Mr. Smith, es wurde Zeit, dass Sie mich zurückrufen."

„Es tut mir leid", stammelte der wimmernde Narr, „aber ich befand mich an einem Ort, an dem ich nicht privat reden konnte."

„Hmm."

„Sie wollen mit mir sprechen?"

„Ja", begann Polo. „Hören Sie gut zu: Alles ist vorbereitet. Verlassen Sie morgen Ihr Haus nicht, wenn Sie nicht ein Opfer der Ereignisse werden wollen, die ich in Gang gesetzt habe."

„Aber warum –"

Er hasste es, unterbrochen zu werden. „Ich habe nicht gesagt, dass Sie sprechen sollen. Ich sagte, Sie sollen zuhören." Er grunzte unzufrieden.

„Entschuldigung."

„Bleiben Sie morgen zu Hause, egal was passiert. Lassen Sie Ihr normales Handy und Ihr Wegwerfhandy eingeschaltet. Es ist wichtig. Ihr Handy könnte Ihnen ein Alibi liefern, falls eines der Ereignisse von morgen mit Ihnen in Verbindung gebracht werden sollte. Und sollte sich etwas ändern, muss ich in der Lage sein, Sie auf dem Laufenden zu halten. Verstehen Sie das?"

„Ja."

„Gut. Morgen früh rufen Sie in Ihrem Büro an und teilen mit, dass Sie eine Lebensmittelvergiftung haben und zu Hause bleiben werden."

„In Ordnung."

„Gut. Es ist von größter Bedeutung, dass Sie diese Anweisungen genau befolgen. Ich kann nicht zulassen, dass morgen etwas meine Pläne gefährdet."

„Sie können auf mich zählen ... ähm ..."

„Ja? Was sonst noch?"

„Ähm ... das Geld, wissen Sie, für meine Dienste ... wann kann ich mit dem Geld auf meinem Konto rechnen?"

Polo schnaubte leise. Smith war nicht besser als eine gewöhnliche Hure. Er verkaufte sich für Geld, während Polo an etwas glaubte.

„Sie erhalten bis morgen Abend, was Sie sich verdient haben." Und das war nicht einmal eine Lüge. Smith würde tatsächlich bekommen, was er verdiente.

„Danke, Sir, das weiß ich zu schätzen."

In Smiths Tonfall lag so etwas wie Erleichterung. Wenn der Narr nur wüsste, was er verdiente, aber Wiesel wie Smith hatten keine Ahnung von ihrem wahren Wert. Oder ihrer Wertlosigkeit.

„Vielen Dank für Ihre Dienste", sagte Polo und beendete das Gespräch.

Er drehte das Mobiltelefon um, öffnete die Rückseite und nahm die SIM-Karte heraus. Er legte diese in einen Marmoraschenbecher, nahm einen dekorativen Briefbeschwerer vom Wohnzimmertisch und zerschmetterte damit die SIM-Karte.

Zwischen ihm und Smith würde es keine Kommunikation mehr geben.

19

„Bist du sicher, dass du uns reinschleusen kannst?“, fragte Dylan und warf Zara einen Seitenblick zu, während sie ihr Auto durch den frühmorgendlichen Verkehr von D.C. manövrierte. Er saß auf dem Beifahrersitz, während Tiger hinter ihm saß.

„Solange ihr den Metalldetektor im Dirkson-Senatsgebäude passiert, könnt ihr problemlos ins Capitol gelangen“, versicherte sie ihm. „Ich halte Besucherausweise für euch beide bereit. Vergiss nicht, mir eine SMS zu schicken, bevor ihr dort ankommt, damit ich euch in der Lobby treffen kann.“

Dylan nickte. Sie hatten jedes Detail ihres Plans mehrmals besprochen, um sicherzustellen, dass jeder wusste, was er tun musste.

„Und bringt das Ding nicht mit“, sagte sie und deutete hinter sich, wo neben Tiger ein kleiner Rucksack lag. „Damit kommt ihr nicht durch die Sicherheitskontrolle.“

„Verstanden“, sagte Tiger. „Wir werden es wegwerfen, wenn es seinen Dienst erfüllt hat.“

„Schade drum“, fügte Dylan hinzu.

„Ja, aber wir haben keine Zeit, einen sicheren Ort dafür zu suchen“, sagte Tiger. „Sobald wir es benutzt haben, haben wir nur eine begrenzte Zeit, bis Polo Wind davon bekommt, was vor sich geht. Wir müssen ihn vorher erreichen, sonst verschwindet er, wenn er sein Leben und seine Freiheit schätzt."

Dylan nickte. Er wusste, unter welchem Zeitdruck sie standen. „In Ordnung." Er zeigte auf die nächste Straßenecke. „Lass uns hier raus."

„Bis zum Weißen Haus sind es noch ein paar Blocks", antwortete Zara.

„Von hier aus gehen wir zu Fuß. Du musst pünktlich im Büro sein, damit niemand Verdacht schöpft."

Zara fuhr mit dem Auto an den Bordstein und hielt an. „Viel Glück."

Dylan beugte sich zu ihr und küsste sie. „Sei vorsichtig. Wenn etwas Unerwartetes passiert, schick mir eine Nachricht."

Zara nickte und Dylan stieg aus dem Auto. Tiger stand bereits auf dem Bürgersteig, den kleinen Rucksack über die Schulter geschlungen. Als Zara sich wieder in den Verkehr einfädelte, gesellte er sich zu Tiger und sie gingen in Richtung Weißes Haus. Dylan schaute auf seine Armbanduhr. Die Zeit wurde knapp. Im Berufsverkehr hatten sie länger gebraucht hierherzufahren, als er gedacht hatte.

„Wir müssen uns beeilen", sagte er.

Tiger wurde schneller und beide eilten weiter, ohne jedoch zu laufen. Sie trugen Businessanzüge, die es später leichter machen würden, sich unter die Leute im Capitol zu mischen, doch wenn sie jetzt zu joggen anfingen, würden sie Verdacht erregen.

„Verdammt!", zischte Tiger, als sie um die Ecke bogen. „Doofe Touristen."

Dylan sah sie auch. Dutzende, wenn nicht Hunderte von Menschen drängten sich am Zaun des Weißen Hauses in der E Street, von wo aus sie einen perfekten Blick auf den South Lawn hatten. Es war offensichtlich, dass die Touristen diese Gelegenheit nutzten, um Fotos von der Marine One zu machen. Sie konnten auf keinen Fall ihr Gerät von hier aus aktivieren.

„Der Hubschrauber ist bereits gelandet", betonte Tiger, obwohl Dylan ihn auch sehen konnte.

Bis zum Abheben blieben ihnen bestenfalls noch fünf Minuten.

„Hier entlang", sagte Dylan und führte Tiger nach rechts, wo die Straße eine Kurve machte und um die Ostseite des Grundstücks herumführte. „Ich glaube, dass wir von dort oben einen besseren Zugang haben."

Sie eilten an der Menge vorbei, die sofort lichter wurde, da direkt hinter diesem Teil des Zauns hohe Bäume und dichte Büsche die Sicht auf das Weiße Haus und den South Lawn versperrten. Zu ihrer Rechten, auf der anderen Straßenseite, standen ebenfalls Bäume, und Dylan wusste, dass sich hinter diesen das General William Tecumseh Sherman Monument befand. Als die Kurve sich gerade ausrichtete, erreichten sie eine Stelle, an der eine streng bewachte Zufahrtsstraße den Zugang zum Gelände des Weißen Hauses ermöglichte. Instinktiv verlangsamten beide ihr Tempo und überquerten die Straße. Nur ein paar Meter nördlich davon erhoben sich zu ihrer Linken Büsche und Bäume. Aber dazwischen gab es eine kleine Stelle am Zaun, die einen direkten Blick dorthin bot, wo die Marine One stand.

„Hier ist es gut", sagte Dylan und sah sich um. Sie waren vor den Wachen am Tor versteckt und obwohl Autos an ihnen vorbeifuhren, boten die Bäume entlang der Straße etwas Schutz.

Tiger drehte der Straße den Rücken zu und öffnete seinen Rucksack. Das Gerät, das er herauszog, war nicht größer als ein Laib Brot und wog nur zwei Pfund. Er schaltete es ein.

„Ich sehe nur einen Hubschrauber", sagte Tiger und warf ihm einen Seitenblick zu.

„Die Lockvögel starten möglicherweise von woanders und schließen sich der Marine One nach dem Abheben an. Ich glaube nicht, dass wir uns darüber jetzt Sorgen machen müssen. Wir werden sehen können, wie POTUS und die Vizepräsidentin einsteigen. Wir müssen nur verhindern, dass der Vogel abhebt."

Tiger nickte. „In Ordnung."

„Bekommst du ein Signal?", fragte Dylan, während er abwechselnd die Straße hinter ihnen und den Hubschrauber vor dem Weißen Haus beobachtete.

„Noch nicht." Tiger klang angespannt. „Verdammt, Fox", flüsterte er in seinen Ohrhörer. „Ich habe es eingeschaltet. Wo ist das Signal?"

Dylan konnte Fox' Antwort in seinem eigenen Ohrhörer hören. „Dreißig Sekunden."

„Verdammt!", fluchte Dylan und zeigte auf die Marine One. Er sah, wie mehrere Männer in dunklen Anzügen das Weiße Haus verließen. Das konnte nur eines bedeuten. „Sie steigen schon in den Hubschrauber."

„Fox, mach Dampf", forderte Tiger. „Wir müssen sie stoppen, bevor sie abheben."

„Beschweren hilft nicht", mahnte Fox.

Besorgt beobachtete Dylan den Hubschrauber und bemerkte anhand des Geräusches, dass sich die Rotorblätter schneller drehten. „Der Hubschrauber startet gleich."

Die Marine One bewegte sich plötzlich um einen Meter nach oben.

„Jetzt!" Fox' Befehl wurde von einem Piepton begleitet, der aus dem Gerät in Tigers Händen ertönte.

Tiger drückte einen Knopf und das Piepen hörte auf. Sie starrten beide auf den Hubschrauber, der plötzlich an Höhe verlor und wieder auf dem Boden landete, wobei seine Rotorblätter langsamer wurden und das Motorengeräusch verstummte.

Dylan seufzte erleichtert. „Der elektromagnetische Impuls hat funktioniert. Der Hubschrauber ist deaktiviert."

Zu seiner Überraschung ertönte Fox' Stimme durch den Ohrhörer. „Sag das nicht so skeptisch. Natürlich hat es funktioniert."

„Warum ist die Kommunikation nicht unterbrochen? Hätte das EMP sie nicht auch deaktivieren sollen?"

„Nein, die meisten Mobiltelefone und kleineren elektronischen Geräte funktionieren noch."

„Gut."

Dylan beobachtete, wie Geheimdienstagenten mit gezogenen Waffen den Hubschrauber umzingelten, während der Präsident und die Vizepräsidentin ins Gebäude geleitet wurden. Wie es aussah, hatte der Sturz um einige Meter keine Verletzungen bei den Passagieren verursacht.

Tiger wischte bereits seine Fingerabdrücke vom EMP-Gerät und steckte es zurück in den Rucksack. „Lass uns das loswerden.“

Während Dylan und Tiger die Straße überquerten, um das Weiße Haus hinter sich zu lassen, sprach Fox erneut.

„Leute, ich übergebe die Kommunikation an Michelle.“

„Was ist los?“, fragte Dylan besorgt.

„Irgendwas geht bei Smiths Haus in Fort Washington vor sich. Ich muss da hin.“

„Aber du wirst gebraucht, falls wir Probleme mit der Technik haben“, protestierte Dylan.

„Michelle ist zu dem, was ich kann, voll fähig, wenn nicht sogar noch besser. Außerdem bin ich meiner Weltuntergangsvision zufolge in Smiths Haus am Potomac und versuche, den Countdown zu stoppen. Ich muss dorthin. Es besteht die Möglichkeit, dass der Auslöser für die Bombe dort ist.“

„Gut“, sagte Dylan. „Aber du kannst nicht alleine gehen.“

„Keine Sorge, ich nehme Yankee mit.“

„Du solltest auch Ace mitnehmen“, schlug Tiger vor. „Unterschätze Smith nicht. Er ist wahrscheinlich nicht allein. Er könnte einen seiner Schlägertypen, die ihn beschützen, im Haus haben.“

„Das geht nicht. Ace muss in der Villa bleiben. Bei Phoebe haben gerade die Wehen eingesetzt.“

„Verdammt!“, fluchte Dylan. „Schlechtes Timing.“

„Ja, aber Lilly und Olivia werden bei der Entbindung helfen. Dadurch fehlt es uns ein wenig an Personal, aber daran lässt sich nichts ändern.“

Dylan nickte vor sich hin. „Wir werden es schaffen.“

„Bis dann“, verkündete Fox.

„Viel Glück“, sagte Tiger.

„Ich übernehme die Kommunikation“, sagte Michelle über den

Ohrhörer. „Keine Sorge, Jungs, ich behalte alles im Auge. Ihr seid in guten Händen."

„Ich weiß es zu schätzen, Michelle."

„Und vergesst nicht, eure Ohrstöpsel rauszunehmen, bevor ihr durch die Sicherheitskontrolle im Senatsgebäude geht, sonst könnte jemand misstrauisch werden", erinnerte sie sie.

„Verstanden", sagte Dylan. „Wir melden uns später."

„Alles klar."

Dylan nickte Tiger zu, als sie an einem Mülleimer vorbeikamen. Mit einem kurzen Blick um sich herum, um sicherzustellen, dass sie nicht beobachtet wurden, warf Tiger den Rucksack hinein und sie gingen weiter.

20

Zara war pünktlich in ihrem Büro im Dirksen-Senatsgebäude angekommen. Clara und der Senator waren schon anwesend und Nicky und Ben waren ein paar Minuten später aufgetaucht. Sie hatte ausdrücklich erwähnt, dass sie am Abend zuvor auf etwas Hartes gebissen hatte und dass ihr Zahn heute Morgen immer noch schmerzte. Während des Vormittags täuschte sie ab und zu Schmerzen vor, wenn sie heißen Kaffee trank, und Clara schaute sie immer mitfühlend an.

Zara warf einen Blick auf ihr Handy, als sie spürte, wie dieses vibrierte. Es war das Signal, dass Dylan und Tiger nur zehn Minuten vom Gebäude entfernt waren. Zeit, ihre Ausrede, warum sie das Büro verlassen musste, zu vollenden.

Zara trank noch einen Schluck Kaffee. Sie verzog schmerzerfüllt das Gesicht und zischte. „Autsch!"

„Vielleicht solltest du zum Zahnarzt gehen", schlug Clara vor.

Zara drückte ihre Hand auf ihre Wange. „Vielleicht hast du recht." Sie nahm ihr Handy und scrollte zu Dylans Nummer. „Ich hoffe, sie können mich drannehmen. Sie sind immer so voll gebucht."

Zara tippte auf Dylans Nummer und hielt das Handy an ihr Ohr.

Als Dylan antwortete, sagte sie: „Oh, hallo, Tanja, ähm, hier ist Zara Richardson. Könnten Sie mich vielleicht bei Dr. Brown reinschieben? Ich habe letzte Nacht auf etwas gebissen und glaube, dass mein Zahn gebrochen ist. Und jetzt habe ich große Schmerzen." Sie hielt inne.

„Wir sind fast da", sagte Dylan. „Alles ist gut gegangen. Der Hubschrauber ist deaktiviert."

„Oh gut!", sagte sie fröhlich. „Ich mache mich sofort auf den Weg. Vielen Dank! Ich weiß es zu schätzen."

Sie beendete das Gespräch, steckte ihr Handy in die Handtasche, schnappte sich ihre Jacke und stand auf. „Sie sagte, er kann mich drannehmen, wenn ich sofort komme."

„Gut", sagte Clara mit einem Lächeln. „Na dann bis später." Sie neigte ihren Kopf in Richtung der Tür zum Büro des Senators, die geschlossen war. „Ich werde es ihn wissen lassen. Und ruf uns an oder schreib mir eine SMS, wenn du glaubst, dass du heute nicht mehr zurückkommst."

„Natürlich, Clara, danke."

Zara eilte hinaus und zog die Tür hinter sich zu. Sie schlüpfte in ihre Jacke, richtete ihren Mitarbeiterausweis so aus, dass er gut sichtbar war, und ging zu den Aufzügen. Zuvor hatte sie bereits Besucherausweise für Dylan und Tiger besorgt und dabei die falschen Namen verwendet, die sie ihr gegeben hatten. Dylan hatte ihr versichert, dass die gefälschten Ausweise, die zu den Namen gehörten, dank Fox' IT-Fähigkeiten und dem hochwertigen Drucker in der Villa narrensicher seien. Sie hatte sich die Ausweise am Abend zuvor selbst angeschaut und war überrascht, wie echt sie aussahen.

Dennoch war sie nervös, als sie im Foyer nur ein paar Meter vom Metalldetektor und dem Sicherheitsschalter entfernt wartete, bis sie schließlich sah, wie Dylan und Tiger durch die Sicherheitskontrolle gingen. Als der Wachmann ihre Ausweise mit der Besucherliste verglich, näherte sich Zara.

„Oh, da sind Sie ja", sagte sie fröhlich. Sie winkte dem Wachmann mit ihrem Dienstausweis zu und wandte sich an Dylan und Tiger: „Meine Herren, der Senator erwartet Sie bereits."

Der Wachmann nickte. „Ich wollte gerade Ihr Büro anrufen. Sie haben mir einen Anruf erspart."

Sie quittierte seine Worte mit einem Lächeln. „Danke."

Zara drehte sich auf dem Absatz um und bedeutete Dylan und Tiger, ihr zu folgen. Anstatt sich den Aufzügen zuzuwenden, wandte sie sich in die andere Richtung zum Mini-U-Bahn-System des Senats, das alle drei Senatsgebäude mit dem Capitol verband. Von nun an würde es keine Sicherheitskontrollen mehr geben. Das bedeutete jedoch nicht, dass sie nicht vorsichtig sein mussten.

Als sie die Rolltreppen erreichten, die zur Einschienenbahn führten, sah Zara Dylan an. „Wir nehmen nicht die Bahn."

„Warum nicht?", fragte er genauso leise.

„Weil es den Leuten die Gelegenheit gibt, uns zu lange zu mustern", sagte sie. „Es ist besser, wenn wir zu Fuß durch den Tunnel gehen."

Dylan öffnete den Mund, um etwas zu sagen, aber Tiger sprach zuerst. „Und das ist nicht verdächtig?"

Sie schüttelte den Kopf. „Viele der Mitarbeiter und sogar die Senatoren gehen zu Fuß, um sich ein wenig zu bewegen, wenn sie es nicht eilig haben. Niemand wird von uns Notiz nehmen."

„Uns?", fragte Dylan schließlich. „Du kommst nicht mit. Es ist zu gefährlich."

„Du kannst nicht ohne mich gehen."

Dylan nahm ihren Arm. „Das war nicht der Deal. Wir waren uns einig, dass du uns hineinschleusen würdest. Aber es gab keine Diskussion darüber, dass du mitkommst."

„Du hast keine Wahl. Besucher können sich innerhalb des Capitol-Komplexes nur in Begleitung eines Repräsentanten, Senators oder Angestellten bewegen."

Er kniff die Augen zusammen. „Das wusstest du. Und trotzdem hast du mich die ganze Zeit glauben lassen, dass Tiger und ich alleine reingehen würden?"

Zara begann, durch den Tunnel zu eilen, und Dylan und Tiger hielten mit ihr Schritt. „Natürlich. Sonst hättest du nie zugestimmt, dass ich euch dabei helfe. Wenn der Sprecher wirklich dahintersteckt, könnt ihr ihn nur mit meiner Hilfe erreichen. Ich weiß, wo sich sein Büro befindet und wie wir am besten dorthin kommen, ohne von zu vielen Leuten gesehen zu werden."

Dylan grunzte und sie konnte die Frustration in seinem Ton hören. Aber sie würde ihn auf keinen Fall ohne sie ins Capitol gehen lassen. Wenn er und Tiger von Sicherheitspersonal angehalten würden, weil ihnen klar wurde, dass sie ohne Begleitung waren, würden sie festgenommen werden.

„Sie hat recht", sagte Tiger mit leiser Stimme.

„Natürlich hat sie recht", sagte Dylan mit einem Seitenblick auf sie. „Deshalb ist es ja so ärgerlich."

Zara zuckte mit den Schultern. „Gewöhne dich daran. Glaubst du wirklich, dass ich nach dem, was du mir in den letzten zwei Tagen erzählt hast, erlaube, dass du noch mehr Risiken eingehst, als du schon tust?"

„Ich bin derjenige, der darauf trainiert ist, Risiken einzugehen, nicht du."

„Tja, ich habe einen Crashkurs gemacht. Finde dich damit ab!"

Er brummte erneut, protestierte aber nicht weiter. Als sie durch den etwa eine Viertelmeile langen Tunnel gingen, trafen sie nur auf eine Handvoll Menschen, die aus dem Capitol kamen. Niemand nahm Notiz von ihnen. Zwei Züge fuhren an ihnen vorbei, bis sie das Foyer erreichten, das zu den Rolltreppen führte, über die man in den ersten Stock der Senatsseite des Capitols gelangte.

Eine der U-Bahnen, die gerade an ihnen vorbeigefahren war, hatte dort angehalten, und Senatoren und Mitarbeiter stiegen aus. Sofort wurden sie von einer Schar Reporter umringt, die ihnen Mikrofone vors Gesicht hielten und sie mit bohrenden Fragen überhäuften. Die Journalisten schenkten ihr und ihren Begleitern keine Beachtung, sodass es einfach war, an ihnen vorbeizukommen und ohne Verzögerung auf die Rolltreppen zu gelangen. Innerhalb weniger Augenblicke erreichten sie das Erdgeschoss des Capitols. Hier war ungewöhnlich viel los, und sie fragte sich, ob die Nachricht, dass die Marine One außer Gefecht gesetzt worden war, bereits die Runde gemacht hatte.

„Wir sind jetzt auf der Senatsseite des Capitols", erklärte Zara mit einem Blick auf Dylan und Tiger.

„Wie weit ist es bis zum Büro des Sprechers?", fragte Dylan.

„Er hat zwei Büros. Das formelle befindet sich im Südflügel. Aber um diese Tageszeit ist er höchstwahrscheinlich im anderen Büro, dem direkt neben der Rotunde. Folgt mir. Und schaut so drein, als gehörtet ihr hierher."

Während sie durch die Hallen der Macht eilten, durch die Korridore, in denen viele politische Bündnisse oder Entscheidungen getroffen wurden, und durch die öffentlichen Bereiche, in denen Touristen die architektonische Schönheit des alten Gebäudes bewunderten, fragte sich Zara, wie jemand so böse sein konnte, dieses Symbol der Demokratie zerstören zu wollen. So viele unschätzbare und unersetzliche Statuen, Gemälde und andere Artefakte schmückten jede Halle, die sie durchquerten, und der Gedanke, dass all dies zerstört werden könnte, wenn sie Polo nicht stoppen konnten, machte sie krank. Innerhalb dieser Mauern wurde die Geschichte für alle Generationen lebendig, damit sie davon lernen und sie schätzen konnten.

„Es ist wunderschön", sagte Tiger neben ihr.

„Dein erstes Mal?", flüsterte sie.

Er nickte.

„Ich hoffe, dass das alles gerettet werden kann", meinte sie.

Zu ihrer Linken berührte Dylan leicht ihren Arm, sodass sie ihn ansah. „Wir werden alles tun, was in unserer Macht steht."

Sie schenkte ihm ein Lächeln, während sie sich der bevorstehenden Gefahr immer mehr bewusst wurde. Die Explosion in Dylans Vision könnte jederzeit stattfinden. Sie waren nur ein paar Meter vom Büro des Sprechers entfernt, dessen Namensschild Dylan in den Trümmern gesehen hatte. Sie versuchte, die düsteren Gedanken abzuschütteln, und zeigte den Sicherheitsbeamten am Eingang zum Flur, der zum Büro des Sprechers führte, ihre Dienstmarke. Er sorgte dafür, dass keine Touristen von ihren Führungen abwanderten. Mit einem Nicken winkte er sie durch. Die erste Hürde hatten sie hinter sich.

Zara holte tief Luft, als jeder Schritt sie näher zum Büro des Sprechers brachte. Aber was würden sie tun, wenn sie erst einmal drinnen wären? Darüber hatten sie nicht wirklich gesprochen, zumindest nicht in ihrer Gegenwart. Ein Mitarbeiter würde höchstwahrscheinlich den Sicherheitsdienst rufen, sobald ihm oder ihr klar wurde, dass sie drei kein Meeting mit dem Sprecher des Repräsentantenhauses hatten.

Als sie ein paar Meter von der Tür zum Büro des Sprechers entfernt anhielten, wandte sich Zara an Dylan und Tiger. „Was jetzt? Was werden wir ihnen sagen, wenn wir drinnen sind?"

„Überlass das uns. Bleib hier draußen. Du arbeitest hier. Wenn etwas schiefgeht, möchten wir nicht, dass sie dich als Beteiligte identifizieren können."

Zara verdrehte die Augen und schnaubte. „Du änderst deine Meinung wie eine Fahne im Wind. Hast du nicht gesagt, dass du mir nicht von der Seite weichen würdest, wenn ich jemals in die Nähe des Capitols käme? Jetzt sind wir im Capitol. Und jetzt willst du, dass ich alleine hier warte?"

Dylan fuhr sich mit der Hand durchs Haar, bevor er ausatmete. „Dir ist hoffentlich klar, dass du hier nie wieder arbeiten kannst, wenn alles schiefgeht."

Sie zuckte mit den Schultern. „Ich mag meinen Job sowieso nicht besonders."

„Also gut. Aber du bleibst hinter uns. Sobald wir drinnen sind, schließ die Tür ab, damit niemand sonst hineinkommt. Verstanden?"

„Verstanden."

Er zog seinen Ohrhörer aus der Tasche und steckte ihn wieder in sein Ohr. Als er darauf tippte, zuckte er zusammen. „Nur Rauschen. Wie ist es mit deinem, Tiger?"

Tiger schüttelte den Kopf. „Dasselbe. Vielleicht gibt es hier zu viele Störungen. Wir verzichten darauf."

„In Ordnung." Er nickte Tiger zu. „Ich bin bereit, wenn du es bist."

„Ich bin schon seit langem bereit, Kumpel."

21

Polo starrte auf den Fernsehbildschirm in seinem Büro. Das Flugzeug mit dem Sarg von David Grossman, dem Sohn der Vizepräsidentin, sollte in Kürze landen, doch POTUS und die Vizepräsidentin warteten noch nicht auf dem Rollfeld. Hier stimmte etwas ganz und gar nicht. Die Marine One hätte spätestens vor zehn Minuten landen müssen. Die Reporterin, die über das Geschehnis berichtete, mutmaßte, dass Verzögerungen wie diese normal seien und die Ankunft der Vizepräsidentin unmittelbar bevorstehe.

Polo blickte weiter auf den Bildschirm und wurde von Sekunde zu Sekunde ungeduldiger. Auf seiner Stirn begann sich Schweiß zu sammeln, den er mit einem Papiertaschentuch abwischte und dann in den Müll warf, aber den Korb verfehlte. Hiervon hing alles ab. Wo zum Teufel waren der Präsident und die Vizepräsidentin? Was hatte sie aufgehalten? Sein Handy lag auf seinem Schreibtisch und die App, die die Bombe auf der Joint Base Andrews detonieren lassen würde, zeigte einen blinkenden roten Knopf.

Detonieren?

Plötzlich drückte die Reporterin am Monitor einen Finger auf ihren Ohrhörer und lauschte aufmerksam. Gleichzeitig rollte ein rotes Banner mit aktuellen Nachrichten über den unteren Bildschirmrand.

„Wir haben gerade die Nachricht erhalten, dass es einen Vorfall mit der Marine One gab."

Verflucht!

Polo las das Banner, das viel zu langsam rollte.

Präsident und Vizepräsidentin in den Bunker des Weißen Hauses gebracht, nachdem die Marine One beim Abheben außer Gefecht gesetzt wurde.

Polo kochte vor Unglauben und Wut und er drehte den Ton höher, als die Reporterin fortfuhr: *„Augenzeugenberichten zufolge wurde die Marine One mit Präsident Mansfield und Vizepräsidentin Grossman an Bord Sekunden nach dem Abheben vom South Lawn flugunfähig. Es gibt noch keine Informationen darüber, ob es Verletzte gab oder was hinter diesem Vorfall steckt."* Sie drückte erneut auf ihren Ohrhörer. *„Einen Moment bitte. Wir bekommen weitere Informationen."* Sie nickte und schaute dann erneut in die Kamera. *„Wir haben eine Videoaufnahme von einem Touristen, der sich außerhalb des Zauns des Weißen Hauses befand, als sich der Vorfall ereignete."*

Eine Sekunde später wechselte der Bildschirm zu einem Video, das offensichtlich mit einer Handykamera aufgenommen worden war. Es zeigte die Marine One, wie sie abhob, aber nicht höher als ein paar Meter kam, bevor sie mit einer holprigen Bewegung aufsetzte, wobei das Motorengeräusch augenblicklich verstummte und die Rotorblätter sich langsamer drehten. Innerhalb von Sekunden war der Hubschrauber von Mitarbeitern des Secret Service umzingelt.

„Wie Sie vielleicht sehen können", sagte die Reporterin, während das Video noch lief, *„fiel der Helikopter etwa drei bis vier Meter und setzte hart auf. Jedoch scheint der Hubschrauber selbst keinen Schaden erlitten zu haben. Wir können nicht erkennen, ob der Präsident oder die Vizepräsidentin verletzt wurden, da die Marine One unsere Sicht auf sie beim Verlassen des Helikopters versperrt."*

„Scheiße!", zischte Polo und schlug frustriert mit der Faust auf seinen Schreibtisch, sodass ein paar Blätter Papier flatterten.

Mit der Fernbedienung spulte er den Fernseher bis zu dem Punkt zurück, an dem der Hubschrauber abhob und dann hart aufsetzte. Er war nicht dumm. Dabei handelte es sich nicht um einen normalen technischen Fehler oder eine Fehlfunktion. Er hatte so etwas schon einmal gesehen. Diese plötzliche Außerbetriebnahme eines großen Transportmittels mit viel Elektronik konnte nur mit einem elektromagnetischen Impuls erreicht werden. Jemand in der Nähe des South Lawn hatte ein EMP ausgelöst, um die Marine One daran zu hindern, den Präsidenten und die Vizepräsidentin zur Joint Base Andrews zu bringen. Was aufgrund dessen geschah, war sofort offensichtlich: Beide Passagiere befanden sich bereits im Bunker unter dem Weißen Haus, außerhalb seiner Reichweite.

Er wollte schreien, aber er hatte keine Zeit, seiner Frustration Luft zu machen. Sie waren ihm auf der Spur. Wie, wusste er nicht, und im Moment spielte das keine große Rolle. Er musste schnell handeln. Denn wenn sie wussten, dass er den Präsidenten und die Vizepräsidentin töten wollte, indem er die im Sarg versteckte Bombe detonieren ließ, würden sie auch bald herausfinden, wie sie ihn aufspüren konnten, egal wie vorsichtig er gewesen war.

Er hatte monate- und jahrelang daran gearbeitet und sorgfältig jedes Puzzleteil so zusammengesetzt, dass, wenn der erste Domino fiel, alle anderen folgen würden. Er konnte nur annehmen, dass einer der ehemaligen Stargate-Agenten eine Vorahnung von diesem Ereignis gehabt hatte und vielleicht sogar von ihm.

Im Moment konnte er nur retten, was zu retten war, und später wieder neu anfangen. Er schnappte sich seine Jacke, seine Schlüssel, sein Handy und seine Brieftasche, dann holte er seine Aktentasche unter seinem Schreibtisch hervor und warf einen letzten Blick auf den Tisch. In seinem Büro befanden sich keine belastenden Papiere. Aber es gab einen anderen Ort, an dem er seinen wertvollsten Besitz versteckt hatte. Ohne diesen könnte er es nie wieder versuchen. Es war von größter Bedeutung, dass er die Daten holte, die es ihm ermöglicht hatten, so weit zu kommen, wie er schon war. Wenn er sich beeilte, würde er es schaffen.

Bis die Stargate-Agenten wussten, wer er war, würde er längst verschwunden sein. Schließlich war er viel schlauer als sie alle zusammen. Er würde sich rächen, vielleicht nicht heute, aber er konnte geduldig sein. Morgen war ein neuer Tag. Am Ende würde er siegreich sein und niemand würde ihn jemals wieder aufhalten können.

Polo marschierte zur Tür und legte seine Hand auf den Türknauf, bevor er noch einmal einen Blick auf alles warf, was dieses Büro für sein Lebenswerk bedeutete. Er würde zurückkommen, in der einen oder anderen Form. Das war noch lange nicht das Ende.

22

Dylan öffnete die Tür zum Büro des Sprechers und eilte hinein; Tiger und Zara folgten ihm. Er hörte das leise Klicken, als Zara den Riegel umlegte. Schnell beurteilte er die Aufteilung der Suite und die Situation. Es gab mehrere Türen, zwei rechts und eine weitere links. Fünf Personen waren anwesend, drei Frauen, die alle an ihren Schreibtischen saßen, und zwei Männer, von denen einer von rechts durch eine Tür kam und einen Stapel Akten trug, während der andere Mann hinter einer der Frauen stand und über ihre Schulter in den Computermonitor schaute.

Eine der Frauen blickte auf, als sie nähertraten. Sie zog die Augenbrauen hoch, während sie auf ihren Computerbildschirm schaute, als würde sie etwas überprüfen.

„Ja?", fragte sie in knappem Ton, der ihre Ungeduld zum Ausdruck brachte.

„Wir sind hier, um Mr. Johnson zu sprechen", sagte Dylan und blieb vor ihrem Schreibtisch stehen.

Aus dem Augenwinkel konnte er erkennen, dass Tiger einen strategischen Punkt im Raum eingenommen hatte, damit niemand an ihm vorbeikommen konnte. Zara war an der Tür stehen geblieben.

„Er hat keine Termine um diese Zeit", sagte sie ebenso knapp. Sie richtete ihren Blick auf den Besucherausweis an seinem Anzug. „Mr. Smith-Bancroft."

Dylan hatte den Namen gewählt – und Fox hatte dafür einen Führerschein gefälscht –, weil er Polo zeigen wollte, dass sein Spiel aus war. Er beugte sich vor. „Ma'am, ich bin ein persönlicher Freund von Sprecher Johnson. Für mich hat er immer Zeit."

Als sie einen Blick auf die Tür links von Dylan warf, fügte er hinzu: „Nicht nötig, mich anzumelden, ich gehe einfach rein."

Sie sprang schnell auf. „Sie können da nicht einfach reingehen!"

Ihre Worte alarmierten die anderen Mitarbeiter.

„Ich rufe den Sicherheitsdienst", verkündete einer der Männer.

„Das würde ich nicht tun", riet Tiger und ließ seine Stimme bedrohlich klingen. „Treten Sie von den Schreibtischen weg und legen Sie den Hörer wieder auf."

Eine der Frauen schrie auf, als Tiger in ihre Richtung eilte, während Dylan schnell auf einen der beiden Männer zusprang und ihn gegen einen Aktenschrank drückte.

„Sei kein Held, Kumpel", warnte er.

Der Mann zitterte, offensichtlich hatte er Angst vor körperlicher Gewalt.

„Und denken Sie nicht einmal daran, den Panikknopf zu drücken", unterbrach Zara und kam ebenfalls näher.

Es gefiel ihm nicht, dass Zara nicht wie besprochen in der Nähe der Tür geblieben war. Aber er hatte im Moment keine Zeit, sie dafür zu tadeln, dass sie seinen Befehlen nicht gehorcht hatte.

„Jetzt benehmt euch alle. Niemand wird verletzt, solange ich den Sprecher sehe." Dylan sah den Mann in seinem Griff mit zusammengekniffenen Augen an, bevor er ihn losließ. „Tiger, sorge dafür, dass sie sich daran halten."

„Mach ich gerne."

Nach drei weiteren Schritten war Dylan an der Tür zum Büro des Sprechers und riss sie auf. Er wäre fast mit dem Mann zusammengestoßen, denn es schien, als hätte der Sprecher die Aufregung in seinem Vorzimmer gehört und war gekommen, um nachzusehen. Dylan bemerkte sofort, dass Johnson außer Form war. Unabhängig von seiner vorherigen Ausbildung wäre er im Nahkampf leicht zu besiegen.

„Was ist denn hier los?", fragte Johnson mit erhobener Stimme. „Jennifer? Was machen diese Leute hier? Rufen Sie den Sicherheitsdienst!"

„Das wird nicht passieren", sagte Dylan.

„Wer sind Sie?"

„Er sagte, sein Name sei Smith-Bancroft", sagte die Frau, die Dylan konfrontiert hatte.

Dylan sah Johnson direkt an. „Ja, das hast du richtig gehört, Polo. Smith-Bancroft. Ich weiß, dass dir diese Namen etwas bedeuten. Oder dachtest du, dass du damit durchkommen würdest?"

Verwirrt und genervt starrte Johnson ihn an. „Ich bin der Sprecher des Repräsentantenhauses und ich fordere Sie auf, mein Büro zu verlassen, sonst werden Sie gesetzlich bestraft! Verdammt! Jemand soll den Sicherheitsdienst anrufen!"

In Johnsons Augen war kein Anzeichen von Wiedererkennen zu sehen, als er die drei Namen fallen gelassen hatte: Polo, Bancroft und Smith. Niemand konnte so gut bluffen. Niemand außer einem Psychopathen.

Dylan stieß ihn mit solcher Kraft zurück, dass Johnson gegen seinen Schreibtisch stieß. „Bleib hier! Wo ist dein Handy?"

Eingeschüchtert deutete Johnson auf eine Stelle hinter sich auf dem Schreibtisch. Dylan entdeckte dort das Handy und schnappte es sich. „Entsperre es."

„Wie können Sie es wagen?", keifte Johnson.

Dylan stand ihm direkt gegenüber. „Ich wage es, weil ich nicht zulassen werde, dass du den Präsidenten und die Vizepräsidentin tötest, um deinen bösen Plan verwirklichen zu können!" Er grunzte unzufrieden. „Jetzt sag mir, wie du die Bombe detonieren lassen willst."

Johnson schnappte nach Luft und die Leute im Büro hinter ihm machten ähnliche Geräusche. „Bombe?" Er deutete auf den Fernseher in seinem Büro. „Auf der Marine One war eine Bombe?"

Dylan wich ein paar Zentimeter zurück. Der Mann war der beste Schauspieler, den er je gesehen hatte, denn die andere Möglichkeit – dass sie den falschen Mann hatten – konnte er nicht akzeptieren. „Na gut! Du willst dich stur stellen. Dann finde ich eben den Auslöser selbst."

Er holte sein Handy heraus, navigierte zu der App, die Fox zuvor installiert hatte, und aktivierte sie. Aus seinem Handy ertönte ein leiser, gleichmäßiger Piepton. „Dadurch wird jedes Gerät erfasst, das ein Signal sendet oder empfängt." Dann rief er zur Tür: „Zara, Tiger, sammelt alle Handys und alles andere ein, was so aussieht, als könnte man damit eine Bombe detonieren lassen."

„Bin schon dabei", antwortete Tiger.

Währenddessen ging Dylan durch das Büro und bewegte sein Handy über den Schreibtisch, darunter, in Schubladen, über Stühle und Oberflächen jedes Möbelstücks. Er schaltete den Fernseher aus, zog den Netzstecker heraus und scannte dann den Bereich um den Fernseher herum mit seinem Handy. Der stetige Piepton hielt an.

Er marschierte zur anderen Seite des großen Raums, wo Einbauschränke ein großes Gemälde einrahmten, als das Piepen plötzlich lauter wurde.

„Ich habe etwas", rief er Tiger zu. Dann wandte er sich an den Sprecher: „Was ist da drin?"

„Akten."

Als Dylan nach der Schranktür griff, beschwerte sich Johnson: „Das sind vertrauliche Aufzeichnungen. Einige davon sind streng geheim! Ohne Befugnis dürfen Sie die nicht –"

Dylan riss den Schrank auf und erstarrte. Gleichzeitig wandte er, durch Schritte alarmiert, den Kopf um und stellte fest, dass Johnson nur noch wenige Schritte von ihm entfernt war. Er wirkte empört, doch innerhalb einer Millisekunde verwandelte sich sein Gesichtsausdruck in Panik.

„Oh Gott!" Der Sprecher starrte auf den Inhalt des Schranks. „Ist das eine Bombe?"

„Ja."

Und jetzt, wo er James Johnson körperlich nahe war, wurde ihm etwas bewusst, das ihm nicht sofort aufgefallen war, vielleicht weil sein Nacken immer noch geprickelt hatte, weil er Tiger nahe gewesen war. Aber jetzt befand sich Tiger in einem anderen Raum mit einer Wand zwischen ihnen, und alles, was er vom Sprecher spüren konnte, war ... überhaupt nichts. Er verspürte das vertraute Kribbeln nicht, das Sprecher Johnson als einen Präkognitiven identifiziert hätte. Er war nicht Polo.

„Tiger", rief Dylan in Richtung der offenen Tür. „Im Büro des Sprechers liegt eine Bombe."

„Was?", antwortete Tiger mit ungläubiger Stimme. „Verscheißerst du mich?"

Plötzlich tauchte Tiger im offenen Türrahmen auf und Dylan trat zur Seite, damit er die im Schrank versteckte Bombe sehen konnte.

„Scheiße!", zischte Tiger und schaute über seine Schulter. „Sie, Ma'am, rufen Sie jetzt das Bombenkommando an! Und jemand soll den Sicherheitsdienst rufen, um das Capitol zu evakuieren."

Von den Angestellten ertönten erschrockene Schreie.

Dylan ging in die Hocke, um die Bombe genauer zu inspizieren, aber Bomben waren nicht sein Fachgebiet.

„Woher wussten Sie, dass in meinem Büro eine Bombe ist?", fragte der Sprecher.

„Das wusste ich nicht. Ich dachte, Sie hätten einen Auslöser für die Bombe, die den Präsidenten und die Vizepräsidentin töten soll."

„Ich? Das würde ich nie tun! Wer zum Teufel hat so eine Behauptung aufgestellt?" Johnsons Stimme brach. „Haben Sie sie hier reingeschleust? Wer hat das gemacht? Wer will meinen Tod?"

Dylan erhob sich. „Ich kann die Bombe nicht entschärfen. Ich glaube, sie hat einen Fernzünder." Er nickte dem Sprecher zu. „Ich habe mich in Bezug auf Sie geirrt. Sie sind nicht der Mann, für den ich

Sie gehalten habe. Aber Sie sind in Gefahr. Ich rate Ihnen und Ihren Mitarbeitern, sofort das Gebäude zu verlassen. Sie müssen in einen Bunker, falls das Bombenkommando diese Bombe nicht entschärfen kann. Gehen Sie!"

Der Sprecher eilte in den anderen Raum und rief seinen Angestellten Befehle zu. Alle machten sich verzweifelt daran, ihre Handys, Handtaschen und Aktentaschen einzusammeln und rannten zur Tür.

Zara stand zitternd neben Tiger. Ihre Blicke trafen sich. Dylan wusste, was sie dachte. Das war es, was er gesehen hatte. Doch so weit würde er es nicht kommen lassen.

„Sprecher Johnson ist nicht Polo. Wir haben den Falschen."

„Den falschen James Johnson? Scheiße!", fluchte Tiger. „Und jemand versteckt eine Bombe in seinem Büro? Das kann nur eins bedeuten."

Dylan nickte. Inzwischen hatten alle Mitarbeiter die Bürosuite verlassen. Er zeigte auf die Tür und bedeutete damit, dass auch sie gehen sollten. „Jemand will auch ihn töten." Er sah Zara an, deren Stirn sich in Falten gelegt hatte. „Zara, sag mir: Wer wird Präsident, wenn der Sprecher auch stirbt?"

Ihre Augen weiteten sich. „Der Präsident pro tempore des Senats."

„Und wer ist das?", fragte Dylan, als er ihren Arm nahm und sie in den Flur eilten, während Tiger sie flankierte.

„James Johnson."

Dylan warf ihr einen Seitenblick zu, während er Zara den Korridor entlang in die Richtung führte, aus der sie gekommen waren. „Nein. Das kann nicht sein. Johnson ist der Sprecher. Und wir wissen jetzt, dass er nicht Polo ist. Er ist kein Präkognitiver."

Zara blieb stehen, packte seinen Arm und zwang ihn, ebenfalls anzuhalten und sich ihr zuzuwenden.

„Was ist los?"

„Senator James Johnson ist der Präsident pro tempore. Er ist der Senator, für den ich arbeite."

„Es gibt noch einen James Johnson im Capitol?", fragte Dylan fassungslos.

„Ja. Er ist erst seit einem Monat Senator. Er wurde vom Gouverneur von Idaho ernannt, nachdem sein Vater, der ältere Senator Johnson, plötzlich starb."

Dylan wechselte einen Blick mit Tiger. „Ist das möglich?"

Tiger wandte sich direkt an Zara: „Ich dachte, der Präsident pro tempore sei im Allgemeinen das älteste amtierende Mitglied des Senats. Wenn er also erst seit einem Monat im Amt ist ... Da musst du dich irren."

Sie schüttelte den Kopf. „Sein Vater war Präsident pro tempore. Im Grunde genommen hat er das Amt geerbt, und weil die Sommerpause so kurz bevorsteht und einige Senatoren der Mehrheitspartei krank waren, konnten sie noch nicht darüber abstimmen, sonst hätte die Gefahr bestanden, dass die Minderheitspartei ihren eigenen Kandidaten für das Amt wählt." Zara sprach schnell und beeilte sich, die Informationen zu vermitteln.

„Verdammt!", fluchte Dylan. „Es passt alles! Warum hast du mir nicht gesagt, dass hier noch ein weiterer James Johnson arbeitet?"

Zara schnaufte. „Weil ich keine Ahnung hatte, dass euer Verdächtiger ein James Johnson war. Du hast ihn immer nur Polo genannt. Wie sollte ich das wissen?"

Dylan drückte ihre Schulter. „Es tut mir leid. Es ist nicht deine Schuld. Aber wir müssen jetzt schnell handeln. Wo ist Senator Johnson?"

Sie schaute auf ihre Uhr. „Ich bin mir nicht sicher. Er könnte immer noch im Büro im Dirkson-Gebäude sein." Sie holte ihr Handy hervor. „Ich werde meine Kollegen fragen." Sie tippte auf eine Nummer und ließ es klingeln.

Gleichzeitig ertönte im Capitol ein ohrenbetäubender Alarm. Augenblicke später erklang eine Stimme aus dem Lautsprecher und machte eine Durchsage. *„Das ist kein Test. Bitte verlassen Sie das Capitol. Das ist kein Test. Bitte verlassen Sie das Capitol."*

Dylan konnte Zaras Gespräch mit ihrer Kollegin nicht hören.

Immer mehr Menschen verließen ihre Büros und stürmten auf die Ausgänge zu, während die Aufforderung immer wieder wiederholt wurde. Schließlich beendete Zara ihr Gespräch und steckte ihr Handy in ihre Handtasche.

„Er ist nicht mehr im Senatsgebäude. Er hat gesagt, dass er einen privaten Termin vergessen habe, und ist etwa fünfzehn Minuten, nachdem ich das Büro verlassen hatte, auch gegangen."

Dylan tauschte einen Blick mit Tiger aus. „Er hat herausgefunden, dass wir seinen Plan, den Präsidenten und die Vizepräsidentin zu töten, vereitelt haben. Ich sah im Fernsehen im Büro des Sprechers, dass die Nachrichtensendungen bereits berichteten, dass die Marine One außer Gefecht gesetzt wurde und dass der Präsident und die Vizepräsidentin in den Bunker unter dem Weißen Haus gebracht wurden. Er muss daraus geschlossen haben, dass wir ihm auf den Fersen sind."

„Macht Sinn", stimmte Tiger zu. „Also, wohin wird er jetzt gehen? Wird er sich irgendwo verstecken oder wird er fliehen?"

„Er wird dorthin gehen, wo er die Daten der Gehirnscans versteckt hat. Die kann er nicht in unsere Hände fallen lassen", überlegte Dylan. „Für einen solchen Notfall hätte er sie in der Nähe versteckt. Nicht in seinem Büro, wo wir sie finden würden, sobald wir seine Identität kennen, und nicht bei sich zu Hause, denn wer weiß, wie lange er brauchen würde, bis er von seinem Büro dorthin gelangt."

„Ja, irgendwo in der Nähe. Irgendwo im Capitol", wiederholte Zara und nahm Dylans Hand.

„Das gerade evakuiert wird", sagte Dylan kopfschüttelnd. „Wir können nicht hierbleiben."

„Er wird die Bombe nicht detonieren lassen, solange er selbst noch im Capitol ist. Wir sind vorerst in Sicherheit."

Er begegnete ihrem Blick. „Das Capitol ist riesig. Wo sollen wir da anfangen?"

„Ich weiß, wo. Folgt mir", sagte Zara selbstbewusst.

Dylan holte tief Luft und erlaubte ihr, ihn und Tiger durch einen anderen Korridor zu führen. Er konnte nur hoffen, dass Zara recht hatte. Und dass Polo noch im Gebäude war.

Er wandte sich an Tiger: „Ruf Fox und Yankee an und bring sie auf den neuesten Stand. Ich rufe Michelle an." Er zog sein Handy aus der Tasche und tippte auf die Hauptnummer der Villa. Michelle nahm fast augenblicklich ab.

23

____

„Der Alarm ist deaktiviert“, flüsterte Fox.

Yankee nickte. Sie befanden sich außerhalb John Bancrofts Haus in Fort Washington und waren als Arbeiter der Stromversorgung verkleidet, damit keiner von Bancrofts Nachbarn misstrauisch wurde, wenn sie am Sicherungskasten und an den Kabeln arbeiteten, die das Internet und die Telefonverbindung zum Grundstück brachten. Beide trugen Handschuhe, um keine Fingerabdrücke zu hinterlassen.

„Okay“, flüsterte Yankee zurück. „Zeit, das Schloss zu knacken.“

„Beeil dich“, riet Fox. „Wenn er seine Kamera-Feeds regelmäßig überprüft, wird er ziemlich schnell feststellen, dass sie nicht funktionieren.“

„Ich bin schon dabei“, bestätigte er, während er an der Seitentür arbeitete, die in die Garage, die für drei Autos Platz hatte, führte. Es dauerte nicht lange. Das Schloss war relativ schwach. „Bitte schön.“

Yankee drückte die Türklinke herunter und schob die Tür langsam auf, da er nicht auf Hindernisse stoßen wollte, die Lärm verursachen und Bancroft dadurch auf ihre Ankunft aufmerksam machen würden. Er spähte in die Garage und sah, dass dort ein SUV geparkt war. Es war der gleiche, dem sie Monate zuvor gefolgt waren, um herauszufinden, wer Bancroft – den sie damals nur als Mr. Smith kannten – war und wo er arbeitete.

Als Yankee sah, dass die Garage ansonsten leer war, winkte er Fox zu, ihm zu folgen. Sie betraten die Garage und Fox schloss leise die Tür hinter sich. Yankee ging zu der Tür, die ins Haus führte, und lauschte aufmerksam. Er hörte eine weibliche Stimme, konnte aber die Worte nicht verstehen. Hatte Bancroft Besuch? In der Einfahrt waren keine Autos gewesen.

„Hörst du das?", fragte er Fox und hielt seine Stimme gedämpft.

Für einige Momente schwiegen beide, als Yankee plötzlich ein paar Musiknoten hörte, die er als Einleitung zu einer Fernsehnachrichtensendung erkannte.

„Er schaut fern", bestätigte Fox.

Yankee zog seine Waffe. Fox hielt seine bereits in der Hand. „Los geht's."

Yankee öffnete langsam die Tür und der Ton aus dem Fernseher wurde lauter. Er kam von links. Er gab Fox ein Zeichen, öffnete dann die Tür vollständig und betrat den kurzen Flur, der zu einer großen Küche führte. Die Reste eines Frühstücks – ein schmutziger Teller und eine Schüssel, eine halbleere Kaffeekanne, Butter und ein Glas Marmelade – lagen zusammen mit einer Zeitung auf der Kücheninsel. Ansonsten war die Küche leer.

Yankee neigte seinen Kopf in die Richtung, von wo der Fernseher ertönte. Den Blaupausen nach zu urteilen, die Fox aus den Stadtunterlagen hatte entnehmen können, gab es zwei Türen, die ins Wohnzimmer führten, sowie eine, die auf eine Terrasse mit Blick auf den Potomac führte.

Fox zeigte auf eine Tür am anderen Ende der Küche und deutete damit an, dass er das Wohnzimmer von der anderen Seite betreten würde. Yankee nickte wortlos und ging auf Zehenspitzen auf die halboffene Tür zu, die ins Wohnzimmer führte, während Fox geradeaus weiterging. Fox hob die Hand und spreizte seine fünf Finger, um einen Countdown anzuzeigen. Yankee verstand. Er musste Fox fünf Sekunden geben, um sich in Position zu bringen.

An der Tür zum Wohnzimmer wartete Yankee, während er so viel scannte, wie er von seinem Standpunkt aus konnte. Er sah einen Teil des Fernsehers, auf dem in einer Nachrichtensendung berichtet wurde, dass der Präsident und die Vizepräsidentin in den Bunker unter dem Weißen Haus gebracht worden waren, und es gab zahlreiche Spekulationen darüber, was genau die Marine One außer Gefecht gesetzt hatte.

Vor dem Fernseher standen ein großes Sofa und zwei große Sessel, aber Yankee konnte nicht sehen, ob jemand auf dem Sofa saß. Die Rückenlehne war hoch genug, um jemanden zu verbergen, der dort lümmelte.

Die fünf Sekunden waren um. Yankee riss die Tür weiter auf und stürmte in den Raum. Fox tat dasselbe von der anderen Tür aus. Wie er es in der Armee und als CIA-Agent gelernt hatte, untersuchte Yankee jede Ecke mit gezogener Waffe. Aber der Raum war leer. Er machte einen weiteren Schritt und verlor fast das Gleichgewicht. Er schaute auf den Boden und bemerkte, dass an der Wand eine Indoor-Golfmatte lag und mehrere weiße Golfbälle verstreut waren. Ein Golfschläger lehnte an der Armlehne eines Sessels. Er überblickte schnell den Rest des Raumes. Zu seiner Rechten, an der Wand gegenüber dem Fernseher, stand ein großes Sideboard aus dekorativem Schmiedeeisen und farbigem Glas. Die Monstrosität passte perfekt zu den schweren, mit Quasten verzierten Vorhängen und der blumenreichen Tapete, die die Wände schmückte. Es sah aus, als wäre er in die 1960er Jahre versetzt worden.

Yankee sah Fox an, als er plötzlich in der Ferne eine Toilettenspülung hörte.

Er eilte zum Ursprung des Geräusches, einer Toilette unter der Treppe, die in den zweiten Stock führte. Er richtete seine Waffe auf die Tür und Fox gesellte sich zu ihm, gerade als die Tür geöffnet wurde und Bancroft heraustrat.

Ein schockiertes Keuchen rollte über dessen Lippen, und er trat zurück und versuchte, Yankee die Tür vor der Nase zuzuschlagen, aber die Toilette war klein und es gab nicht viel Platz zum Manövrieren. Ein Stoß gegen Bancrofts Brust und der Idiot landete auf der Toilette.

„Mr. Smith", sagte Yankee und zog seine Worte in die Länge, um das Vergnügen zu verlängern, endlich das Arschloch gefangen zu nehmen, das Attentäter auf ihn und seine Brüder losgeschickt hatte – und Lillys Tod angeordnet hatte. „Endlich treffen wir uns wieder."

„Sie verwechseln mich mit jemandem. Mein Name ist Bancroft", behauptete das Wiesel, während sein Körper sichtbar zitterte.

„Ich würde nie das Gesicht des Arschlochs vergessen, das versucht hat, Lilly zu töten", schwor Yankee.

Resignation flackerte jetzt in Bancrofts Augen auf. Er wusste, dass er verloren hatte.

Yankee hielt die Waffe immer noch in der rechten Hand, packte Bancroft mit der linken am Kragen und zog ihn hoch. Als er versuchte, sich aus seinem Griff zu winden, hielt Yankee seine Waffe unter Bancrofts Kinn und knurrte.

„Es wird eine Sauerei, aber das macht mir nichts aus", sagte er. „Es ist ja nicht so, als ob ich hier saubermachen müsste."

Selbst dem Verlierer in seinem Griff war die Warnung klar. Bancroft schluckte schwer, und Yankee drückte die Waffe tiefer in das weiche Fleisch unter seinem Kiefer und zog ihn aus dem kleinen Raum, während er sich zu Fox umdrehte. „Durchsuch ihn!"

Fox tastete ihn ab und schüttelte dann den Kopf. „Keine Waffen."

„Dann lass uns mal sehen, was du sonst hast, ja?", fragte Yankee, während er ihn ins Wohnzimmer schleppte.

Fox schnappte sich Bancrofts Handy vom Wohnzimmertisch. Er tippte darauf. „Es ist gesperrt."

„Rechter Daumen", forderte Yankee, als Fox neben ihm stehen blieb und Bancrofts Hand ergriff. Bancroft hatte keine andere Wahl, als seinen Daumen auf das Handy zu drücken, um es zu entsperren.

Aus dem Augenwinkel beobachtete Yankee, wie Fox ein Kabel an das Mobiltelefon anschloss und auf seinem eigenen Telefon tippte. Es dauerte nur wenige Augenblicke, bis Fox den Kopf schüttelte und Bancrofts Handy zurück auf den Tisch warf.

„Nichts."

„Na ja, dann müssen wir es eben auf die altmodische Art machen, nicht wahr?", meinte Yankee und sah Bancroft direkt an, dessen Augen sich vor Angst weiteten.

Bevor er mit seinem Verhör beginnen konnte, sah Fox auf sein Handy. „Es ist Tiger." Fox tippte darauf und drückte es an sein Ohr. „Ja?"

Fox hörte aufmerksam zu, seine Augen weiteten sich und Überraschung breitete sich auf seinem Gesicht aus.

„Stimmt was nicht?", fragte Yankee sofort alarmiert.

Fox hob seine Hand. „Nein, wir haben Smith bereits. Wir sind dabei, ihn zu verhören." Eine kurze Pause, dann fügte Fox hinzu: „Ja, wir durchsuchen das Haus, nur für den Fall, dass es hier ist." Er beendete den Anruf.

„Was ist passiert?", fragte Yankee und warf Bancroft auf das Sofa, während er ihn genau im Auge behielt, die Waffe immer noch auf ihn gerichtet.

„Der Sprecher ist nicht Jones."

„Verdammt!" Sie hatten unrecht gehabt. Sie hatten es vermasselt, und jetzt war ihre Chance, Jones zu besiegen, praktisch gleich Null. Denn sobald Jones herausfand, dass er und seine Freunde Smith erwischt hatten, würde er sich aus dem Staub machen.

„Aber sie haben herausgefunden, wer Jones wirklich ist. Er ist nach dem Sprecher der nächste Kandidat für die Präsidentschaft: Senator James Johnson aus Idaho. Er ist Polo. Sie fanden eine Bombe im Büro des Sprechers. Polo muss sie dort platziert haben, um den Sprecher loszuwerden, damit er Präsident wird."

Die Nachricht war eine Offenbarung. „Also haben wir ihn?"

„Fast. Das Capitol wird gerade evakuiert, aber Tiger sagte, sie haben eine Vermutung, wo er sich versteckt."

Yankee nickte. „Gut. Dann müssen wir nur noch unseren Teil der Arbeit erledigen." Er lächelte Bancroft an. „Das bringt mich zurück zu dir."

Bancroft sank tiefer in die Sofakissen, während Yankee sich vorbeugte.

„Ich weiß nichts", spuckte Bancroft trotzig. „Ich wusste nicht einmal, wer Jones ist. Hätte ich eine Ahnung gehabt, hätte ich –"

„Du hättest was?", forderte Yankee ihn heraus. Als Bancroft nichts sagte, fügte Yankee hinzu: „Also, kommen wir zur Sache. Wer hat den Auslöser für die Bombe im Sarg?"

Bancroft runzelte die Stirn. „Welcher Sarg?"

„Der Sarg mit dem toten Sohn der Vizepräsidentin", schnappte Yankee.

Bancroft schaute plötzlich auf den Fernsehbildschirm, auf dem der Reporter Hypothesen darüber aufstellte, was die Marine One zu Fall gebracht hatte, als sich sein Gesichtsausdruck veränderte, als ob der Groschen endlich gefallen wäre. War er wirklich so dumm gewesen, nicht zu wissen, was sein Boss geplant hatte?

„Willst du damit sagen ...", Bancroft schüttelte den Kopf. „Davon hat er mir nie etwas gesagt! Daran habe ich nicht teilgenommen. Ich war nur ein kleines Rädchen in der Maschine. Unbedeutend." Er plapperte jetzt und versuchte offensichtlich, seine Rolle in dem Plan herunterzuspielen.

Yankee sah Fox an, der bereits ein kleines Gerät aus seiner Trickkiste hervorgeholt hatte. „Fang an, das Haus zu durchsuchen, nur für den Fall, dass er sich der Folter widersetzt." Bancroft sah zwar nicht so aus, als könnte er große Schmerzen ertragen, aber selbst als Mann im CIA-Management hätte er eine Grundausbildung gehabt.

„Folter? Nein, nein, nicht!" Er hob die Hände. „Ich weiß nichts. Du musst mir glauben."

Fox wanderte durch den Raum, während das Gerät in seiner Hand einen gleichmäßigen Piepton von sich gab.

„Muss ich das? Nein." Yankee beugte sich über ihn und drückte seine Waffe erneut unter Bancrofts Kinn und bohrte sie in das weiche Gewebe. „Hier gibst du keine Befehle. Sag mir jetzt, wie die Bombe im Sarg ausgelöst wird."

„Ich weiß es nicht", wimmerte Bancroft. „Ich weiß nichts über einen Auslöser. Oder eine Bombe."

„Ich glaube, er sagt die Wahrheit", unterbrach Fox plötzlich, als sein Gerät gleichzeitig anfing, einen hohen Ton von sich zu geben.

Yankee schaute über die Schulter und sah, wie Fox vor dem Kamin in die Hocke ging. Er konnte nicht sehen, was Fox gefunden hatte. „Was ist es?"

Fox drehte den Kopf. „Eine Bombe. Sieht so aus, als hätte sie einen Timer."

Bancroft schnappte nach Luft und Yankee wandte sich wieder zu ihm um. „Sieht so aus, als würde dein Chef keine Zeugen seines Plans zurücklassen wollen."

„Dieser Mistkerl!", würgte Bancroft heraus. „Deshalb hat er mir gesagt, dass ich heute zu Hause bleiben soll. Damit er mich töten kann. Ich werde ihn umbringen. Damit kommt er nicht durch!"

Yankee konnte den Mann nicht bemitleiden. Er hatte es verdient und wenn es nach ihm ginge, könnten sie ihn einfach hier festbinden und das Schicksal seinen Lauf nehmen lassen. Aber er hatte immer nur zur Selbstverteidigung oder zur Verhinderung einer Katastrophe getötet. Nach all den Jahren auf der Flucht hatte er immer noch Skrupel. Und diese erwachten nun.

„Wie viel Zeit haben wir?", fragte Yankee, ohne Fox anzusehen.

„Siebenundzwanzig Minuten."

24

———

Zara führte Dylan und Tiger zu einer weiteren Treppe. „Hier entlang.“

Kurz zuvor hatte Tiger berichtet, dass Bancroft von Fox und Yankee in seinem Haus überwältigt worden war. Der Mann, der mit Senator Johnson zusammenarbeitete, wäre nicht mehr in der Lage, die Bomben im Capitol und im Sarg, der auf der Joint Base Andrews ankam, detonieren zu lassen, falls er tatsächlich einen Auslöser hätte.

Endlich beendete Dylan das Gespräch mit Michelle und steckte sein Handy wieder in die Tasche. „Das Flugzeug mit dem Sarg ist gerade gelandet. Ich sagte Michelle, sie solle eine anonyme Bombendrohung melden. Wir haben keine andere Wahl. Polo könnte sie aus reiner Boshaftigkeit detonieren lassen, wenn er erfährt, dass wir seinen Plan, den Präsidenten und die Vizepräsidentin zu töten, vereitelt haben.“

„Guter Punkt“, kommentierte Tiger.

„Glaubst du, er würde das tun? Die Bombe aus Trotz auslösen?“, fragte Zara und zitterte bei dem Gedanken daran, wie böse Senator Johnson sein musste, um zu einer solchen Tat fähig zu sein.

„Das traue ich ihm zu. Als ich ihm das erste Mal begegnete –“

„Du bist ihm begegnet? Wann?" Zara wandte überrascht den Kopf und starrte Dylan an, während sie weiter die Treppe hinaufgingen.

„Ja, als ich von der CIA rekrutiert wurde. Ehrlich gesagt hat der Typ mir eine Gänsehaut bereitet."

„Er wirkte im Büro immer angenehm", sinnierte sie.

„Psychopathen lernen, ihre wahre Natur zu verschleiern. Sie können sehr charmant sein, wenn sie wollen. Sie können alle täuschen", antwortete Dylan.

Die Ereignisse der letzten Tage spielten sich wieder in ihrem Kopf ab. „Als bekannt wurde, dass der Sohn der Vizepräsidentin in Afghanistan schwer verletzt worden war, war er der Erste, der seine Unterstützung für die Vizepräsidentin zeigen wollte, und wir sollten uns überlegen, welche Art von Geschenken, Blumen oder was auch immer wir schicken könnten, als Ausdruck, dass er sich um ihr Wohlergehen sorgte."

Sie schnaubte. „Offensichtlich war alles nur gespielt!" Ein weiterer Gedanke hallte in ihrem Gehirn wider. Sie wollte es nicht laut aussprechen, aber sie hatte das Gefühl, sie müsste es. „Glaubt ihr, dass er fähig ist, seinen eigenen Vater zu töten?"

Dylan begegnete ihrem Blick und hielt diesem eine Sekunde lang stand, während sie durch einen anderen Korridor eilten. „War sein Vater nicht schon ziemlich alt?"

„Ja, aber er war gesund. Er hatte sich gerade erst vom Capitol-Arzt untersuchen lassen und es war alles in Ordnung mit ihm. Und eine Woche später fiel er einfach tot um. Sein Sohn war der Erste, der behauptete, es sei sein Herz, und niemand widersprach ihm."

„Polo hat das alles schon geplant, seit er aus dem Stargate-Programm entlassen wurde", sagte Dylan mit einem Nicken. „Und es ist durchaus möglich, dass er seinen Vater getötet und seinen Tod so geplant hat, dass die Abstimmung zum Präsidenten pro tempore nicht sofort stattfinden konnte, was ihn automatisch an die dritte Stelle für die Präsidentschaft beförderte. Und mit den Daten, die er bereits für seinen Quantencomputer gesammelt hat, hätte er eine gewisse Hilfe dabei gehabt vorherzusagen, was passieren würde, wenn er dies oder jenes machen würde."

„Das ist furchtbar." Zara orientierte sich, bevor sie auf einen kurzen Korridor zu ihrer Linken zeigte. „Hier entlang."

„Wohin bringst du uns?", fragte Tiger hinter ihr.

„In sein verstecktes Büro."

„Ein verstecktes Büro?", fragten Tiger und Dylan gleichzeitig.

„Ja, alle Senatoren haben ein privates Büro, in das sie sich verziehen können, wenn sie ungestört arbeiten möchten. Manche von ihnen sind riesig, andere wirken eher wie eine Besenkammer und praktisch niemand weiß, wo die Räume sind. Es gibt keine Schilder an den Türen, nichts."

„Woher weißt du dann, wo Johnsons verstecktes Büro ist?", fragte Dylan.

„Sein Vater hat es mir einmal gezeigt", erklärte Zara, „als er Hilfe beim Tragen brauchte. Und auch sein Sohn wüsste davon. Er erwähnte mir gegenüber erst vor ein paar Tagen, dass er das Capitol wie seine Westentasche kenne, weil er seinen Vater als Kind und junger Erwachsener oft besucht habe. Er würde davon ausgehen, dass keiner seiner Mitarbeiter den Standort dieses Büros kennt. Es ist der perfekte Ort, um etwas zu verstecken, von dem er nicht möchte, dass es gefunden wird. Oder er könnte sich dort auch selbst verstecken."

Sie blieb vor einer unscheinbaren Tür stehen. Sie befanden sich in einem der oberen Stockwerke der Rotunde. „Das ist es."

„Ist das der einzige Eingang?", fragte Tiger mit leiser Stimme, obwohl es nicht nötig gewesen wäre. Durch das Gebäude schrillte immer noch der Alarm, und wenn Johnson tatsächlich in dem versteckten Büro war, würde er sie wegen des Lärms nicht hören.

„Ja."

Dylan testete den Türgriff. „Es ist unverschlossen. Zara, geh da rüber; Tiger, auf drei."

Zara beobachtete die beiden, wie sie sich ansahen und schweigend zählten. Bei drei riss Tiger die Tür auf und Dylan stürmte hinein,

Tiger dicht auf seinen Fersen. Von ihrer Position im Flur aus blickte sie in den Raum und stellte sofort fest, dass Johnson nicht drinnen war.

Sie gesellte sich zu Dylan und Tiger in das versteckte Büro, das kaum größer als ein Schuhkarton war. Es gab ein rundes Fenster, geformt wie ein Bullauge, das die Sonne hereinließ und den Raum hell und warm machte. Mehrere der Einbauschränke standen offen und Akten und Ordner lagen verstreut auf dem Schreibtisch und dem Boden. Neben einem der offenen Schränke lag ein kleiner Metallkoffer, nicht größer als eine Brotdose. Der mit Schaumstoff ausgekleidete Behälter wies mehrere Vertiefungen auf, Aussparungen, die groß genug für Disketten oder externe Festplatten waren.

Dylan hob den Koffer vom Boden und stellte ihn auf den kleinen Schreibtisch. „Du hattest recht, Zara. Er bewahrte die Datenträger hier auf, wo sie gut geschützt waren und nahe genug, dass er im Notfall darauf zugreifen konnte. Er ist uns zuvorgekommen."

Die Enttäuschung in Dylans Stimme war spürbar. Tiger sah ebenfalls nicht erfreut aus.

„Verdammt", fluchte Zara. „Ich hätte uns schneller hierher bringen sollen."

Dylan legte ihr eine Hand auf die Schulter. „Es ist nicht deine Schuld. Ohne dich wüssten wir nicht einmal, wer er ist. Also verbanne diese Gedanken sofort aus deinem Kopf, okay?"

Sie nickte widerstrebend und fragte sich, ob sie ihnen sonst noch bei irgendetwas helfen könnte. Schließlich kannte sie Johnson wahrscheinlich am besten. Sie hatte einen Monat lang für ihn gearbeitet. Sie kannte einige seiner Macken und Gewohnheiten, einige seiner Routinen. Doch sie bezweifelte, dass er heute irgendeiner seiner Routinen folgen würde, da er wusste, dass sein Plan – vorerst – vereitelt worden war.

„Hawk, glaubst du, er hat die Daten dorthin gebracht, wo sich der Computer oder das MRT-Gerät befindet?", fragte Tiger und rieb sich den Nacken. „Ich meine, wenn er es noch einmal versuchen will, braucht er das, was er bereits aufgebaut hat, oder?"

Dylan nickte. „Ja, aber Fox sagte, ihr hättet keine Ahnung, wo er das neue MRT-Gerät aufgestellt hat, nachdem ihr das andere, in das sie dich gesteckt hatten, in die Luft gesprengt habt. Oder?"

„Stimmt, aber das Ding ist groß und man braucht viel Strom, um es zu betreiben", fügte Tiger hinzu.

Zara wurde hellhörig. Etwas, das Tiger gerade gesagt hatte, löste etwas in ihrem Gehirn aus. Aber was war es?

„Wir müssen Fox oder Michelle dazu bringen, sich in die Stromversorgung zu hacken, um herauszufinden, wer viel Strom verbraucht. Hatten sie das alte MRT-Gerät nicht auf diese Weise gefunden? Durch die Überprüfung des Stromverbrauchs?"

„Ich rufe Michelle an", bot Tiger an und zog bereits sein Handy aus der Tasche. „Sie kann damit anfangen, alle auf den Namen des Senators ausgestellten Stromrechnungen zu prüfen."

Zara schlug sich mit der Handfläche an die Stirn. „Das ist es!" Aufregung durchströmte sie. „Jetzt erinnere ich mich."

„An was erinnerst du dich?", fragte Dylan und sah sie direkt an, während Tiger ebenfalls innehielt.

„Die Stromrechnung. Vor ein paar Tagen habe ich die Post des Senators durchgesehen und diese Stromrechnung auf seinen Namen erhalten, aber sie betraf ein Gebäude, das weder ihm noch seinem Vater gehörte und nicht auf meiner Liste stand. Und die Rechnung war ziemlich hoch. Also machte ich ihn darauf aufmerksam und fragte ihn, ob ich sie bezahlen sollte oder nicht."

„Und?", fragte Tiger ungeduldig.

„Nun, er sagte, er müsse es aus seinen privaten Mitteln bezahlen, und nahm es mir ab, obwohl ich die Zahlung problemlos für ihn hätte leisten können. Clara, meine Kollegin, hat Schecks für sein Privatkonto und bereitet die Schecks normalerweise für seine Unterschrift vor."

Dylan beugte sich näher und wirkte aufgeregt. „Erinnerst du dich an die Adresse?"

„Nur die Straße, nicht die Nummer."

Dylan und Tiger wechselten einen Blick. „Ruf Michelle an. Gib ihr den Straßennamen, und sie kann überprüfen, ob irgendetwas in dieser Straße auf Johnsons Namen registriert ist, und wenn das nicht klappt, kann sie sich in die Aufzeichnungen des Stromversorgers hacken und jedes Gebäude in dieser Straße finden, das ungewöhnlich hohen Verbrauch aufweist." Er nickte ihr zu. „Wie weit ist es von hier entfernt?"

„Nur etwa eine halbe Meile, aber die Straßen werden im Moment verstopft sein", räumte sie ein. „Alle werden versuchen, so weit wie möglich vom Capitol wegzukommen. Es wird zu lange dauern, mein Auto aus dem Parkhaus zu holen."

„Wir gehen zu Fuß", schlug Dylan vor. „Wir müssen davon ausgehen, dass Johnson vor der gleichen misslichen Lage steht. Er muss auch dorthin gelangen. Ich bezweifle, dass er zurückgehen wird, um sein Auto zu holen. Es ist zu riskant für ihn. Er vermutet wahrscheinlich, dass dort jemand auf ihn wartet. Er wird zu Fuß gehen. Und so weit kann er uns nicht voraus sein."

„In Ordnung", sagte Zara und ging zur Tür hinaus. „Lasst uns gehen. Von hier aus kommt man schneller aus dem Gebäude."

„Geh voran", sagte Dylan und die drei eilten durch den Korridor und die nächste Treppe hinunter.

25

─────────

Ace rannte die Treppe hinunter. Bis zu Phoebes nächster Wehe blieben ihm nur noch wenige Minuten, aber er musste sich bei Michelle erkundigen, ob er irgendwo gebraucht wurde. Er betrat die Kommandozentrale, wo Michelle gerade telefonierte. Sie sah ihn an und bedeutete ihm, näherzukommen.

„Okay, danke Tiger, ich mache mich dran", sagte sie, bevor sie das Gespräch beendete.

„Was gibt's Neues?"

„Tiger und Hawk sind immer noch mit Zara im Capitol. Polo hatte die Datenträger mit den Gehirnscans in einem geheimen Büro im Capitol versteckt, aber bis sie eintrafen, war er bereits damit entkommen."

„Scheiße!" Hawk hatte sie zuvor schon darüber informiert, dass der Sprecher des Repräsentantenhauses nicht wie vermutet Polo sei. Stattdessen war der Senator, für den Zara arbeitete, der Mann, nach dem sie gesucht hatten. Und Zara hatte Insiderwissen darüber, wo er sich verstecken könnte.

„Aber sie haben noch eine andere Spur. Ich muss nach einer Adresse in D.C. suchen, nicht weit vom Capitol entfernt. Sie glauben, dass er dort das MRT-Gerät aufbewahrt –"

„Wie das, das wir vor ein paar Monaten zerstört haben?", unterbrach Ace.

„Ja, es sieht so aus, als hätte er ein neues gebaut. Anscheinend hat Zara eine extrem hohe Stromrechnung gesehen." Michelle wandte sich wieder ihrem Computer zu. „Ich sollte lieber loslegen. Sie haben nur einen Teil der Adresse, aber bis sie in der Straße sind, dürfte ich die Hausnummer auch herausgefunden haben."

„Kann ich dir irgendwie helfen?"

Von oben kam ein lauter Schmerzensschrei.

„Nein. Ich habe es unter Kontrolle. Geh! Phoebe braucht dich. Ich nutze das Lautsprechersystem, wenn ich etwas Dringendes brauche."

„In Ordnung. Danke, Michelle."

Ace eilte bereits aus dem Zimmer und rannte nach oben. Im Hauptschlafzimmer waren Lilly und Olivia damit beschäftigt, es Phoebe so bequem wie möglich zu machen. Sie hatten ihr auf eine breite Liege mit Fußstützen geholfen, die Lilly erst einen Monat zuvor bei einem Sanitätshaus bestellt hatte. Sie hatte darauf bestanden, weil es so für Phoebe einfacher wäre zu pressen, als wenn sie in einem Bett liegen würde. Jetzt konnte auch Ace erkennen, dass Lilly recht gehabt hatte. Phoebe lehnte an der Rückenlehne, beide Füße auf den Stützen, und hielt eine von Olivias Händen fest.

Lilly saß auf einem niedrigen Hocker zwischen Phoebes Beinen. „Ich sehe schon den Kopf."

Ace eilte an Phoebes Seite und legte einen Arm um ihren Rücken, während er ihre Hand nahm. Sie sah ihn an, ihr Haar war schweißnass, ihr Gesicht rot und Schweißperlen liefen über ihren Kittel.

„Ich bin hier, Baby", murmelte er ihr zu. „Du schaffst das."

Bevor sie antworten konnte, ließ sie eine weitere Wehe aufschreien, während Lilly befahl: „Drück, drück, drück."

Ace spürte, wie Phoebes Hand seine mit solcher Kraft umklammerte, dass sie sie fast zerquetschte, aber das war ihm egal. Er wünschte, er könnte mehr für sie tun, aber er hatte keine medizinischen Fähigkeiten, um ihre Schmerzen zu lindern. Alles, was er tun konnte, war, hier zu sein.

„Du machst das großartig, Baby", murmelte er ihr zu und massierte ihren Rücken, wie Lilly es ihm zuvor gezeigt hatte.

Für einen Moment atmete Phoebe gleichmäßig und zeigte damit an, dass diese Wehe ihr Ende erreicht hatte. Aber die nächste war nur eine Minute entfernt.

„Das nächste Mal bekomme ich einen Kaiserschnitt oder zumindest eine Epiduralanästhesie", fluchte Phoebe, bevor sich ihr Gesicht vor Schmerz verzog.

„Atme, atme, atme", forderte Lilly. „Sein Kopf kommt." Lilly blickte zu Phoebe auf. „Du machst das großartig, Schatz. Nur ein bisschen länger. Noch ein bisschen drücken. Du kannst das."

Während Phoebe erneut grunzend und fluchend presste, trat Olivia nun an Lillys Seite, frische Bettwäsche in den Händen, bereit für das Baby.

Ace konnte nicht umhin, alle drei Frauen zu bewundern: Phoebe dafür, dass sie sich nie darüber beschwerte, dass er sie nicht ins Krankenhaus gebracht hatte, Lilly dafür, dass sie praktisch eine für sie neue medizinische Disziplin erlernte, und Olivia dafür, dass sie bereitwillig alles tat, was auch immer Phoebe brauchte.

Ace drückte Phoebe einen Kuss auf den Kopf. „Ich liebe dich, Phoebe, ich liebe dich so sehr."

Wieder atmete Phoebe rhythmisch, während sie sich bei der nächsten Wehe nach vorne beugte und drückte. Diesmal sah es müheloser aus, als er es zuvor beobachtet hatte.

„Das Köpfchen ist schon durch", sagte Lilly und lächelte Phoebe an. „Nur noch einmal pressen, und dein kleiner Junge ist draußen."

Ace sah Phoebe an und ihre Blicke trafen sich. Dann schloss sie die Augen und drückte mit zusammengebissenen Zähnen, ihre Hand in seiner, während sie mit der anderen das Geländer der Liege umklammerte. Es folgte ein Atemstoß, der aus ihrer Lunge entwich.

„Er ist da!", rief Lilly aus und legte das kleine Bündel auf das weiche Tuch, das Olivia ihr hinhielt. „Warte mal, ich muss die Nabelschnur abklemmen."

Während Lilly und Olivia taten, was sie tun mussten, drückte Ace seine Stirn an Phoebes. „Du hast es geschafft. Ich bin so stolz auf dich, Baby."

Das Weinen des Babys hallte schließlich von den Wänden wider und er konnte sich nicht erinnern, jemals einen wundervolleren Klang gehört zu haben.

„Wir haben es geschafft", sagte Phoebe atemlos und er drückte ihr einen Kuss auf die Lippen.

„*Du* hast es geschafft." Dann warf er einen Blick auf Lilly und Olivia. „Und Lilly und Olivia. Vielen Dank euch beiden."

Beide lächelten, und schließlich legte Olivia das Baby mit durchtrennter Nabelschnur auf Phoebes Brust. „Begrüße deinen kleinen Jungen. Er ist perfekt."

Tränen strömten über Phoebes Gesicht und Ace spürte, wie ihm selbst Tränen in die Augen stiegen. Er strich über den Kopf seines Sohnes und spürte das dunkle, flauschige Haar, das sich so weich wie Daunenfedern anfühlte. Er war immer noch voller Blut und Fruchtwasser, aber das spielte keine Rolle. Er war das Schönste, das er je in seinem Leben gesehen hatte.

„Oh", staunte Phoebe, als sie seine kleine Hand nahm. „Er ist so perfekt."

„Und er gehört uns", sagte Ace und drückte Phoebe einen Kuss auf die Stirn.

„Wie werdet ihr ihn nennen?", fragte Lilly.

„Henry", sagte Phoebe und sah Ace lächelnd an.

Ace nickte. Es war Phoebes Idee gewesen. „Nach meinem Vater." So würde er sich immer an den Mann erinnern, der ihm alles gegeben und dieses Leben ermöglicht hatte.

26

„Kannst du sie entschärfen?“, fragte Yankee.

Fox schaute nicht über die Schulter zu Yankee, der Bancroft beobachtete. Stattdessen untersuchte er den Mechanismus der Bombe im Kamin. Er hatte das Gitter vor dem Kunstholz bereits entfernt, um besseren Zugang zum Sprengsatz zu bekommen.

„Bin mir nicht sicher. Das ist nicht gerade mein Fachgebiet“, gestand Fox, obwohl er ein paar grundlegende Dinge über Bomben wusste.

„Du weißt wahrscheinlich mehr als ich“, behauptete Yankee.

Fox zeigte ihm den Vogel, ohne sich umzudrehen. „Behalte einfach Bancroft im Auge.“

„Ihr müsst mich gehen lassen!“, schrie Bancroft wie aufs Stichwort. „Keiner von euch weiß, wie man eine Bombe entschärft. Das ist ziemlich offensichtlich. Also müssen wir von hier verschwinden, bevor dieses verdammte Ding losgeht.“

„Yankee, sag ihm, er soll die Klappe halten! Ich kann mich selbst nicht denken hören“, sagte Fox, während er eine kleine Taschenlampe auf die Bombe richtete, um deren Mechanismus herauszufinden. Allerdings war der Bombenbauer clever vorgegangen: Er hatte nicht viele Drähte sichtbar gelassen und die, die zu sehen waren, hatten alle die gleiche Farbe: schwarz. Diese Tatsache machte ihn wütend. Anscheinend hatte Polo damit gerechnet, dass jemand versuchen würde, die Bombe zu entschärfen, und hatte deshalb so wenig Hinweise auf deren Aufbau wie möglich hinterlassen.

„Du hast meinen Kumpel gehört", sagte Yankee mit einem eisigen Unterton in seiner Stimme.

„Verdammt", beschwerte sich Bancroft und seine Stimme wurde lauter. „Seid nicht so dumm! Hier muss niemand sterben. Lasst uns von hier abhauen."

„Setz dich wieder hin!", knurrte Yankee.

„Mach ich nicht."

Auf Bancrofts Weigerung folgte ein dumpfes Geräusch, und Fox warf einen kurzen Blick über seine Schulter. Bancroft kauerte auf dem Sofa und hielt sich die Kinnlade. Anscheinend hatte Yankee so hart zugeschlagen, dass Bancroft wieder auf seinem Hintern gelandet war.

Fox ignorierte das leise Murren von Bancroft und untersuchte die Bombe weiter, während er den Countdown im Auge behielt. Noch sechzehn Minuten bis zur Detonation.

„Kannst du nicht einfach die Bombe nehmen und sie in den Fluss werfen?", fragte Yankee.

„Das könnte ich, wenn sie nur nicht am Betonboden des Kamins festgeschraubt worden wäre. Jemand hat an alles gedacht." Er wand sich, um einen besseren Blick auf die Rückseite des Geräts zu werfen. „Aber vielleicht kann ich das Gehäuse abnehmen, um an das Innere zu gelangen."

„Tu es", ermutigte ihn Yankee.

Das war leichter gesagt als getan. Während sich zwei der Schrauben, die das Gerät zusammenhielten, auf der Vorderseite befanden und daher, soweit er sehen konnte, leicht zugänglich waren, befanden sich die anderen auf der Rückseite in einem Winkel, der mit einem normalen Schraubenzieher schwer zu erreichen war. Er musste improvisieren. Die beiden Schrauben an der Vorderseite ließen sich leicht lösen, aber selbst als er sie entfernt hatte, hielt das Gehäuse noch zusammen.

„Ich brauche ein Zehncentstück", sagte Fox mit einem Blick über die Schulter.

„Ein Zehncentstück?"

„Ja, damit ich die Schrauben auf der Rückseite drehen kann, um hoffentlich das Gehäuse in einem Stück zu entfernen."

Er sah zu, wie Yankee in seinen Taschen kramte, bevor er den Kopf schüttelte. „Hab kein Kleingeld." Er warf Bancroft einen Blick zu. „Hast du irgendwo Kleingeld?"

„Ja", sagte Bancroft und zeigte auf die andere Seite des Raumes, wo in einem Einbauschrank verschiedene Porzellanstatuen und Schnitzereien untergebracht waren. „In der mittleren Schublade steht eine Schüssel. Ich werde sie für dich holen."

Er sprang bereits auf, aber Yankee drückte ihn zurück in die Kissen. „Ich mache das. Du bleibst sitzen. Kann ja sein, dass du da drinnen eine Waffe aufbewahrst."

Yankee drehte Bancroft den Rücken zu und eilte zum Schrank. Fox warf einen Blick zurück auf den Timer an der Bombe. „Vierzehn Minuten."

Er hörte, wie Yankee an der Schublade zog. „Scheiße, sie ist verschlossen."

Alarmiert blickte Fox erneut über die Schulter, nur um aus dem Augenwinkel eine schnelle Bewegung zu erkennen. In seiner geduckten Position brauchte er eine zusätzliche Sekunde, um aufzuspringen und sich vollständig umzudrehen, nur um zu sehen, dass Bancroft von der Couch aufgesprungen war. Er schwang einen Golfschläger auf den herannahenden Yankee und traf ihn an der Seite, sodass dieser gegen den Wohnzimmertisch krachte.

„Scheiße!", fluchte Fox und stürmte auf Bancroft zu, während Yankee sich von dem unerwarteten Angriff erholte und sich ein paar Sekunden später aufrappelte.

„Arschloch", schrie Yankee und stürmte von der anderen Seite auf Bancroft zu, sodass dem Bastard nur ein Weg zur Tür blieb. „Jetzt werde ich dir wirklich wehtun."

Bancroft warf den Golfschläger als Hindernis für seine Verfolger hinter sich und stürmte zur Tür. Er war nur wenige Meter davon entfernt, als sein rechtes Bein plötzlich nach vorne und oben ausschlug und er das Gleichgewicht verlor. Ein Golfball prallte gegen die Wand. Ein panisches Keuchen kam aus Bancrofts Kehle, als er seine Arme wie Ruder benutzte, um das Gleichgewicht zu halten – ohne Erfolg. Er konnte nichts ergreifen, um seinen Sturz zu vermeiden. Stattdessen drehte er sich seitwärts und taumelte. Er stieß einen verzweifelten Schrei aus und prallte mit dem Kopf an die Ecke des Sideboards aus Eisen und Glas. Die dekorativen Figuren auf der Glasoberfläche fielen um und das Glas brach, während Bancroft auf dem Holzboden landete.

Yankee war eine Sekunde vor Fox bei Bancroft. Dieser rührte sich nicht. Yankee legte zwei Finger an seinen Hals, aber Fox musste nicht darauf warten, dass er nach einem Puls suchte. Auf dem Holzboden sammelte sich bereits Blut.

Yankee nahm seine Finger von Bancrofts Hals. „Er ist tot."

„Ich hätte nie gedacht, dass Golf so gefährlich sein kann", sinnierte Fox achselzuckend. „Geschieht ihm recht. Er hat's auf jeden Fall verdient."

„Genau meine Meinung", stimmte Yankee zu.

„Es hat keinen Sinn, die Bombe jetzt noch zu entschärfen. Wir können genauso gut alles in die Luft sprengen. Erspart uns, die Leiche loszuwerden. Was meinst du?"

„Was machen wir dann noch hier?"

Gemeinsam eilten sie aus dem Haus und gingen dann in normaler Geschwindigkeit zurück zu ihrem Fahrzeug, für den Fall, dass irgendwelche Nachbarn sie beobachteten. Glücklicherweise lag Bancrofts Haus an einer Straßenbiegung, sodass die Nachbarn nicht sehen konnten, wer kam und ging. Sie sprangen in den Van und fuhren los.

Yankee hielt sich in der Wohngegend an die Geschwindigkeitsbegrenzung von 25 Meilen, während Fox auf die Uhr schaute. Jeden Moment würde die Bombe hochgehen.

Ein lauter Knall unterbrach die Stille im Auto. Fox schaute in den

Seitenspiegel und sah eine Rauchwolke über den Bäumen und Büschen aufsteigen, wo einst Bancrofts Haus gestanden hatte.

„Wir sollten in der Villa anrufen und Bescheid geben, dass es uns gutgeht", sagte Fox und holte sein Handy hervor.

„Und dass Bancroft erledigt ist", fügte Yankee hinzu. „Und wir mussten uns nicht einmal die Hände schmutzig machen."

„Eine Win-Win-Situation." Der Anruf wurde verbunden und Fox hörte Michelles Stimme am anderen Ende der Leitung. „Hey, Babe. Yankee und ich sind auf dem Rückweg."

„Und Bancroft? Habt ihr ihn erwischt?", fragte sie eifrig.

Fox wechselte einen Blick mit Yankee. „Tja, der Idiot hat unsere Arbeit praktisch selbst erledigt."

„Ja", fügte Yankee hinzu, „zu dumm zum Leben."

27

„Wir haben die Bestätigung. Das ist die Adresse", sagte Dylan und steckte sein Handy wieder in die Tasche.

Er, Tiger und Zara standen gegenüber einem kleinen zweistöckigen Gebäude, welches wie ein altes Haus aussah, das in ein Geschäftsgebäude umgebaut worden war. In der Reihe anderer ähnlicher Gebäude wirkte es unauffällig. Niemand würde es fehl am Platz finden. Es gab keine Türklingel, kein Schild oder irgendetwas anderes draußen, das den Eigentümer oder Bewohner identifizieren konnte.

„Was jetzt?", fragte Zara. Sie stand dicht neben ihm und ihre Besorgnis war spürbar.

„Ich wünschte, wir hätten Waffen", sagte Tiger und warf ihm einen besorgten Blick zu.

„Das war keine Option, sonst wären wir nie an der Sicherheitskontrolle im Senatsgebäude vorbeigekommen. So ist es eben", sagte Hawk und wandte sich dann an Zara. „Tiger und ich werden das Schloss knacken und hineingehen. Du bleibst hier draußen."

„Aber –"

„Keine Widerrede." Er zog sein Handy aus der Tasche und entsperrte es. „Hol dein Handy raus."

Sie holte ihr Handy heraus und einen Moment später klingelte es. Sie tippte auf *Antworten*.

„Okay, ich behalte mein Handy in der Tasche, damit du alles hören kannst, was drinnen vor sich geht, aber du musst dein Handy stumm schalten, sonst könnte ein Geräusch Polo auf unsere Anwesenheit aufmerksam machen."

„Kein Problem." Sie tippte auf ihr Handy. „Erledigt." Sie schaute über die Straße, dann hinauf in den zweiten Stock, und Dylan folgte ihrem Blick. Die Jalousien der drei Fenster zur Straße waren heruntergelassen. „Was, wenn er uns schon gesehen hat?"

Dylan begegnete ihrem Blick. „Dann wären wir wahrscheinlich schon tot."

Zara legte ihre Arme um ihn und drückte ihn fest. „Seid vorsichtig."

Er nickte, löste sich aus ihrer Umarmung und überquerte mit Tiger an seiner Seite die schmale Straße. „Wie sind deine Nahkampffähigkeiten?"

„Ziemlich gut. Thai Chi, Karate, Jiu-Jitsu, ich habe alles im Griff", antwortete Tiger selbstbewusst.

„Gut. Ich habe nur Boxen gelernt."

„Das ist auch keine nutzlose Fähigkeit."

„Ich nehme an, du hast deine Dietriche nicht mitgebracht, oder?"

„Ich wollte nicht riskieren, bei der Sicherheitskontrolle erwischt zu werden."

„Na ja, ich schätze, wir müssen improvisieren." Dylan zog seine Brieftasche heraus und entfernte die metallene Geldklammer, mit der die Banknoten festgeklemmt waren. „Ich brauche ein zweites Stück. Hast du eins in deiner Brieftasche?"

Tiger zückte bereits seine Brieftasche und tat es ihm nach. Innerhalb von Sekunden hatten sie zwei dünne und lange Metallstücke, die sie als provisorische Dietriche verwenden konnten. Dylan machte sich an die Arbeit, und obwohl es etwas länger dauerte, das Schloss mit so groben Werkzeugen zu knacken, schaffte er es. Er nahm Blickkontakt mit Tiger auf, drehte den Knauf und öffnete die Tür einen Zentimeter. Von innen kam ein gleichmäßiges Geräusch. Es klang wie das Summen einer Maschine wie eines Kühlschranks – oder etwas Größerem.

Mit einem weiteren Nicken öffnete Dylan die Tür vollständig und betrat den dunklen Innenraum, Tiger auf seinen Fersen. Es war riskant, diesen Ort ohne Waffe zu betreten, aber es war ein kalkuliertes Risiko. Auch Polo wäre ohne Waffe gewesen, da er direkt aus dem Capitol kam. Und sie waren nur ein paar Minuten hinter ihm. Mit etwas Glück hatte er keine Zeit gehabt, sich zu bewaffnen – es sei denn natürlich, er bewahrte eine Waffe in diesem Haus auf.

Dylan lauschte aufmerksam und in der Dunkelheit gingen sie weiter ins Haus hinein und folgten dem Summen. Zu ihrer Rechten stand eine Tür offen, und in dem großen Raum, der einst ein Wohn- und Esszimmer mit Taschentüren gewesen zu sein schien, die die beiden Räume trennten, stand eine große Maschine. Sie sah einem MRT-Gerät sehr ähnlich. Er schaute sich im Raum um, aber außer der Maschine, einem Schreibtisch mit Computern und anderen Geräten, die wie Server aussahen, gab es nicht viel zu sehen.

Tiger zeigte auf die Maschine, beugte sich näher heran und flüsterte: „Das ist dieselbe Art von Maschine wie die, in der ich war. Aber die Liege sieht anders aus. Früher gab es einen Helm daran, in den man den Kopf einschließen konnte.“

Die Maschine lief, obwohl Dylan nicht erkennen konnte, ob sie erst wenige Minuten zuvor eingeschaltet worden war oder ob sie die ganze Zeit im Standby-Modus lief. Er trat näher und betrachtete den Schreibtisch und den Turm, der wie ein Server aussah. „Weißt du, wie die Disketten aussehen? Ich kann hier nichts sehen.“

„So wie externe Festplatten. Ziemlich groß.“ Tiger ließ seinen Blick über die Computer und den Server schweifen und schüttelte dann den Kopf. „Sie sind nicht hier. Er ist vielleicht noch nicht zurück. Vielleicht hat er irgendwo angehalten.“

„Das ist möglich“, sagte Dylan genauso leise, damit sie von

niemandem im Haus belauscht wurden, auch wenn das Geräusch der Maschine seine Stimme übertönte. „Lass uns oben nachsehen."

Tiger nickte. Gemeinsam gingen sie die alte Treppe hinauf. Sie hielten einander den Rücken frei, als sie von Zimmer zu Zimmer gingen. Bis auf eines waren alle Zimmer unmöbliert und leer. Der Raum mit Blick auf das kleine Patio hinter dem Haus war vollgestopft mit nicht zusammenpassenden Möbelstücken, darunter Stühle, ein Bett, eine Kommode mit einer fehlenden Schublade, mehrere Kisten mit Fußballtrophäen, Baseballhandschuhe sowie zwei alte Tennisschläger und anderer Müll.

In einer Ecke des Raumes waren mehrere Kisten gestapelt. „Lass uns schauen, was da drin ist. Das könnten Dateien und Dinge über den Quantencomputer sein."

Tiger nickte. „Ich mach das. Du solltest zur Maschine zurück; finde heraus, wie wir sie bei Bedarf ausschalten können."

Dylan wusste sofort, warum Tiger besorgt war. An seinem ersten Tag in der Villa hatten Tiger und die anderen von dem Vorfall erzählt, als sie versucht hatten, Tiger aus der Maschine herauszuholen, aber es viel zu lange gedauert hatte, bis sie herausgefunden hatten, wie sie die Maschine ausschalten konnten. Diese Tatsache hatte zu mehreren Wochen von massiven Kopfschmerzen für Tiger geführt, obwohl glücklicherweise kein permanenter Gehirnschaden verblieben war.

„In Ordnung", stimmte Dylan zu. „Ich werde die Maschine überprüfen."

Er eilte nach unten. Mittlerweile hatte er sich an das Summen der Maschine gewöhnt. Es war lediglich ein Rauschen, und er konnte nun auch andere Geräusche hören: ein vorbeifahrendes Auto, einen bellenden Hund draußen. Er schaute auf den Computerbildschirm, um sich mit der App vertraut zu machen, die offenbar das MRT-Gerät steuerte. Er tippte auf das Mauspad, konnte den Cursor aber nicht bewegen, also suchte er nach einer externen Maus, aber er sah keine. Eine Bahre ragte aus dem kreisförmigen Teil der Maschine, bereit, ihr nächstes Opfer zu empfangen. Aber selbst dort konnte er nicht sehen, wie diese bedient wurde. Er versuchte erfolglos, sie manuell zu bewegen.

Dylan ging um die Maschine herum und suchte nach einem Stromkabel, fand aber zu seiner Überraschung keines. Woher bekam diese Maschine ihren Strom? Er bückte sich, um unter das MRT zu schauen, und beleuchtete den Bereich mit dem Licht seines Handys. Dann sah er es: Das Stromkabel befand sich unter der Maschine und war offenbar an eine speziell angefertigte Steckdose am Boden angeschlossen – ein wirklich ungewöhnlicher Ort, um ein solches Gerät anzuschließen. Offensichtlich hatte Polo an alles gedacht. Er wollte nicht, dass irgendjemand seine Maschine schnell lahmlegen konnte.

Auf ein Geräusch hin drehte er sich um und sprang im selben Augenblick auf. Er erstarrte, als er sah, wer durch die Tür vom Flur das Zimmer betrat: Zara. Sie war nicht allein und sie bewegte sich nicht freiwillig. Polo hielt ihr eine Waffe an den Hals, mit der anderen Hand umklammerte er ihre Schulter, damit sie nicht entkommen konnte. Auf ihrem Gesicht zeichnete sich pure Angst ab und Dylan konnte sich vorstellen, was sie durchmachte.

„Polo."

Polo grinste böse. Die Kälte in seinen Augen war die gleiche, die Dylan vor über einem Jahrzehnt bei ihm gesehen hatte.

„Ich sehe, dass keine Vorstellung nötig ist. Und was für eine Überraschung, dass es dir gelungen ist, eine meiner Mitarbeiterinnen gegen mich aufzuhetzen." Er neigte seinen Kopf zu Zaras Wange und starrte ihn dann direkt an. „Ich muss sagen, du hättest mich fast erwischt. Aber ich habe es in meiner Vorahnung gesehen. Ich habe dich und Zara hier auftauchen sehen."

Diese Nachricht kam nicht ganz unerwartet. Denn Polo war ihnen schon immer einen Schritt voraus gewesen. „So hast du es also gemacht."

Polo lachte kalt. „Meine präkognitiven Fähigkeiten sind viel weiter entwickelt als deine. Ich bin jedem von euch überlegen. Und du hast es mir so einfach gemacht. Du hast die liebe Zara draußen warten lassen. Allein. Ungeschützt. Das ist deine Schuld, Hawk.“

„Lass sie da raus“, sagte Dylan laut und hoffte, dass Tiger ihn irgendwann über den Lärm der Maschine hinweg hören würde, denn ihm war gerade etwas klar geworden: Polo hatte Tiger nicht erwähnt. Hatte ihm seine Vision nicht gezeigt, dass Tiger auch hier war? „Sie hat damit nichts zu tun. Du willst mich.“

„Du weißt genauso gut wie ich, dass ich keine Verhandlungsmasse habe, wenn ich sie jetzt gehen lasse.“ Er kniff die Augen zusammen. „Halte mich nicht zum Narren. Wir wissen beide, dass ich nicht doof bin.“

„Bist du dir da sicher?“ Dylan deutete auf die Maschine. „Oder muss ich dich daran erinnern, dass meine Freunde vor nicht allzu langer Zeit deine erste Maschine in die Luft gesprengt haben? Und es geschafft haben, einen von uns zu retten?“

Polo spottete. „Und dafür bin ich wirklich dankbar. Es gab mir die Möglichkeit, die Maschine zu verbessern.“ Er deutete mit dem Kinn darauf. „Sobald jetzt jemand darauf liegt, setzen die Sensoren alles in Bewegung. Unzerreißbare Gurte fixieren den Patienten, und die Liege bewegt sich in die Maschine, ohne dass jemand, nicht einmal ich selbst, sie herausziehen kann, bis das Programm beendet ist. Das Programm kann nicht überschrieben werden. Sorry.“

Sein letztes Wort triefte vor Sarkasmus. Polo wusste nicht, was *Sorry* bedeutete. Kein Psychopath wusste das. Es war nur eine Verspottung, aber Dylan ließ sich davon nicht ablenken. Stattdessen berechnete er in seinem Kopf, wie lange es dauern würde, Zara von Polo wegzustoßen, bevor dieser sie erschießen konnte. Die Antwort war: zu lang. Er hatte keine Chance, rechtzeitig zu ihr zu gelangen. Er konnte Polo nur hinhalten. In dieser Situation fühlte er sich hilfloser als je zuvor. Es war ihm egal, was mit ihm passierte, ob Polo es schaffte, ihn zu verletzen oder zu töten, aber er konnte nicht zulassen, dass Zara etwas zustieß. Sie war unschuldig.

„Das ist also deine zweite Maschine, wie ich sehe“, sagte Dylan mit erhobener Stimme. „Wie viele von uns hast du schon gescannt? Das reicht wohl noch nicht, sonst bräuchtest du die Maschine nicht mehr, um die Daten deinem Quantencomputer einzuspeichern. Es muss eine Enttäuschung sein, deinen eigenen Erwartungen nicht gerecht zu werden."

Die höhnischen Worte schienen zu wirken, denn Polo funkelte ihn wütend an. „Mach dir keine Sorgen um mich. Alles läuft perfekt. Sobald ich die Daten in deinem Kopf habe, brauche ich tatsächlich keine weiteren Präkognitiven mehr. Es stellte sich heraus, dass der Algorithmus mit jedem Datensatz, den ich in den Computer einspeise, exponentiell lernt, viel schneller, als ich erwartet hatte. Ich bin also tatsächlich dem Zeitplan voraus."

Es war offensichtlich, dass Polo Freude daran hatte, mit seinen eigenen Erfolgen zu prahlen.

„Herzlichen Glückwunsch", sagte Dylan, bevor er ein anderes Thema fand, um ihn zum Reden zu bringen. „Sag mir, dein Vater ist doch nicht eines natürlichen Todes gestorben, oder? Du konntest nicht darauf warten, dass er in ein paar Jahren einer Herzkrankheit oder einem Schlaganfall erliegt. Du musstest die Dinge beschleunigen, nicht wahr?"

„Der gute alte Dad hat mich nie wirklich verstanden. Aber Menschen, die dich angeblich lieben, sind so leicht zu manipulieren. Sie vertrauen dir und das macht sie verwundbar." Polo zuckte mit den Schultern. „Es war sowieso seine Zeit. Er verwandelte sich in einen alten Narren. Ich habe ihm wirklich einen Gefallen getan."

„Er war ein guter Mann", brachte Zara plötzlich hervor. „Wie konnten Sie nur?"

„Das würdest du nicht verstehen", schnappte Polo. „Aber genug davon. Lasst uns zur Sache kommen." Er deutete mit dem Kinn auf die Maschine. „Hawk, wenn du so weit bist ... Ich habe die Maschine für dich aufgewärmt. Und ich werde langsam ungeduldig."

Dylan nahm eine Bewegung im dunklen Flur hinter Polo wahr, obwohl er sich nicht sicher sein konnte. „Eine letzte Sache ... ein Abschiedswort für Zara ..."

Polo grunzte.

Dylan sah Zara tief in die Augen und wünschte sich in diesem Moment, dass seine Fähigkeit die der Telepathie wäre, aber er hoffte, dass sie es trotzdem verstehen würde. „Zara ... duck dich!"

Von hinter Polo tauchte Tiger mit einem Tennisschläger auf, den er in Richtung Polos linker Seite schwang, wobei der Aufprall Polo nach rechts schwanken ließ. Seine Hand, die die Waffe hielt, machte eine unkoordinierte Bewegung, während Zara so tief wegtauchte, wie sie konnte. Dylan stürmte auf sie zu. Gleichzeitig landete Tiger einen weiteren Treffer mit dem Tennisschläger, der nun in zwei Teile zerbrach, während Polo nach rechts fiel und den Griff um seine Waffe verlor. Diese fiel krachend zu Boden.

Dylan erreichte Zara, zog sie hoch und schob sie im nächsten Moment hinter sich. „Geh hinter die Maschine."

Es war der sicherste Ort für den Fall, dass Polo seine Waffe erreichen und anfangen würde zu schießen. Ohne einen Blick hinter sich zu werfen, um zu sehen, ob Zara seinem Befehl Folge leistete, stürzte er auf Polo zu, der bereits sein Gleichgewicht wiedererlangt hatte und nun Tiger in den Bauch trat, um ihn zurück zur Wand zu schleudern.

„Dich habe ich nicht kommen sehen", sagte Polo, während er sich auf die Waffe stürzte.

Dylan packte ihn und zerrte ihn zu Boden, doch Polos Hand umfasste bereits den Griff der Waffe. Dylan schlug auf ihn ein, aber Polo war überraschend stark. Ein Gegenschlag traf ihn hart und er fiel nach hinten. Polo erlangte dadurch die Oberhand.

Polo richtete die Waffe direkt auf Dylans Brust, als Tiger ihn von der Seite rammte, diesmal so hart, dass Polo von den Füßen abhob und auf die Liege geschleudert wurde, während gleichzeitig die Waffe losging.

Zara schrie auf und Dylan wirbelte seinen Kopf in ihre Richtung. Sie stand dicht neben der Maschine. Er ließ seinen Blick über sie schweifen und suchte nach Verletzungen, konnte aber keine entdecken. Erleichtert atmete er aus. Dabei spürte er, wie ein stechender Schmerz ihn durchzuckte. Er schaute an sich herab und sah, wie Blut aus seinem Oberarm sickerte und seine Jacke durchnässte. Polo hatte es geschafft, ihn anzuschießen. Er hob seinen Arm, blickte auf beide Seiten und seufzte erleichtert. Die Kugel war direkt hindurchgegangen.

Dann hörte er einen weiteren Schrei; dieses Mal von einem Mann.

Dylan schaute zu dessen Ursprung. Polo lag auf der Bahre. Er war mit engen Gurten daran festgebunden. Tiger stand ein paar Meter entfernt und sah Polo nur an, während dieser weiterhin schrie.

„Holt mich verdammt noch mal hier raus! Holt mich raus!", schrie Polo wie am Spieß.

Zara rannte in Dylans Arme und er drückte sie fest an sich. „Bist du in Ordnung?"

Sie nickte mit Tränen in den Augen. „Du bist verwundet."

„Ist nicht schlimm."

Tiger trat näher an das MRT-Gerät heran und blickte auf Polo hinab, während das Gerät weiter summend seinem voreingestellten Programm folgte und die Liege langsam in den runden Teil des Geräts rollte.

„Hilf mir! Hol mich raus!"

Polo wehrte sich gegen die Fesseln, aber die Angst in seinen Augen bestätigte, dass er vorher die Wahrheit gesprochen hatte, nämlich dass die Sequenz, sobald sie einmal begonnen hatte, nicht mehr außer Kraft gesetzt werden konnte. Er wusste, dass sein Schicksal besiegelt war.

Tiger beugte sich über ihn. „Jetzt weißt du, wie es sich anfühlt. Wir sehen uns auf der anderen Seite."

Die Liege mit Polo darauf verschwand in der Maschine, und der kreisförmige Teil begann sich um ihn zu drehen, wobei das Tempo mit jeder Sekunde zunahm, während der Computermonitor aufwachte und auf dem Bildschirm etwas ähnlich einem Seismographen erschien, der ein Erdbeben aufzeichnete.

Zara warf einen Blick auf die Maschine, bevor sie sich wieder Dylan zuwandte. „Wir müssen die Blutung stoppen."

Bis Zara medizinische Vorräte gefunden und seine Wunde verbunden hatte, um die Blutung zu stoppen, kam die Maschine zum

Stehen und die Liege rollte heraus. Polo lag regungslos darauf, die Augen geöffnet und ins Leere starrend.

Dylan blickte auf den Computermonitor, der nun auf ein anderes Programm umgeschaltet hatte. Er zeigte darauf. „Was bedeutet das?"

Tiger betrachtete es und zeigte auf die verschiedenen Linien. „Das ist seine aktuelle Gehirnaktivität. Und das ist seine Herzfrequenz und sein Blutdruck."

„Er lebt noch?", fragte Zara.

Tiger nickte. „Ja, sein Herz schlägt noch. Aber er ist in einem Wachkoma. Er hat keine Gehirnaktivität mehr."

Zara sah fassungslos drein.

Dylan drückte ihren Arm. „Er hat es verdient. Er hat viele Menschen getötet, und er hätte noch mehr getötet."

Sie nickte. „Ich weiß. Es ist nur schwer, so etwas mitanzusehen."

„Was machen wir mit der Maschine?", fragte Tiger. „Wir können sie nicht einfach hier lassen."

„Wir können sie hier nicht in die Luft jagen", sagte Dylan kopfschüttelnd. „Wir sind mitten in D.C. Es gibt keine Pufferzone zwischen diesem Gebäude und den Nachbarn. Lass uns alles, was wir tragen können, mitnehmen: die Datenträger, Server und Computer."

„Johnson hat seine Aktentasche im Flur fallen gelassen", sagte Zara. „Da müssen die Datenträger drin sein."

Tiger ging in den Flur und kam einen Moment später mit einer Aktentasche zurück. Er öffnete sie und nickte. „Ja, die Datenträger sind da."

„Gut, lass uns die mitnehmen", sagte Dylan. „Wir werden später mit Fox besprechen, wie wir diese Maschine am besten deaktivieren. Möglicherweise müssen wir sie zerlegen und Stück für Stück von hier wegtransportieren."

Tiger nickte. „Das ist ein Plan." Dann zeigte er auf Polo. „Was machen wir mit ihm?"

„Zara, weißt du, wo er wohnt?", fragte Dylan.

„Ja, warum?"

„Ich habe eine Idee."

28

Zara füllte ihr Weinglas auf und drehte sich wieder zu den Bewohnern von Aces Villa um, die sich in der Küche um den Fernseher scharten. Dylan legte seinen gesunden Arm um ihre Taille und zog sie an seine Seite. Es war Abend. Jeder hatte heute seinen Teil dazu beigetragen, sicherzustellen, dass nichts, was in D.C. und der Umgebung passiert war, auf sie zurückgeführt werden konnte.

Fox und Michelle hatten daran gearbeitet, alle Daten im Zusammenhang mit dem Stargate-Programm von Polos elektronischen Geräten zu löschen, damit sie diese in seiner Wohnung zurücklassen konnten. Das war notwendig gewesen, denn die bloße Mitnahme seines Computers und seines Mobiltelefons hätte Verdacht geweckt und auf ein Verbrechen hingewiesen, sobald sie seine Leiche gefunden hätten. In der Zwischenzeit waren Yankee, Ace und Tiger zu dem Gebäude zurückgekehrt, in dem sich das MRT-Gerät befand, hatten es zerlegt und es dann mit einem als Umzugswagen getarnten Lastwagen abtransportiert. Dylan war in der Villa geblieben, wo Lilly seine Schusswunde versorgt hatte und bestätigte, dass es ein glatter Durchschuss war und die Kugel keine lebenswichtigen Nerven oder Knochen beschädigt hatte. Er trug jetzt seinen linken Arm in einer Schlinge.

„Mach mal lauter", verlangte Yankee, und einen Moment später erfüllte die Stimme der Nachrichtensprecherin den Raum.

„... jetzt haben wir die Bestätigung, dass heute aufgrund eines anonymen Hinweises eine Bombe bei der Joint Force Andrews entschärft wurde. Keine Terrororganisation hat bislang die Verantwortung für diesen versuchten Bombenanschlag auf einen Militärflughafen übernommen."

Der Bildschirm teilte sich, und zusätzlich zu der im Studio sitzenden Reporterin war in einer Kameraübertragung ein männlicher Reporter auf dem Rollfeld zu sehen. *„Michael, haben Sie mit Beamten der Joint Force Andrews gesprochen, um uns weitere Informationen darüber zu geben, was hinter diesem Angriff steckt?"*

Es gab eine kurze Pause, dann sprach der Reporter. *„Hallo Caroline, die Quellen hier bei Joint Force Andrews sind verschwiegen. Das Bombenkommando wurde am Vormittag hierher gerufen, kurz nachdem das Flugzeug mit dem Leichnam des Sohnes der Vizepräsidentin hier landete. Ein Militärsprecher wollte jedoch keine Aussage dazu machen, wo sich die Bombe befunden hatte und ob sie den Präsidenten und die Vizepräsidentin hätte töten können, wenn die beiden heute Morgen hier gewesen wären. Sie geben auch keinerlei Aussage darüber, ob das Lahmlegen der Marine One und die Bombe in Andrews zusammenhängen."*

Caroline nickte. *„In einer Pressekonferenz heute erklärte der Pressesprecher des Weißen Hauses, dass das Lahmlegen der Marine One Gegenstand einer laufenden Untersuchung sei, und war nicht bereit, Informationen darüber preiszugeben, ob diese Vorfälle miteinander in Zusammenhang stehen. Sprechen wir mit Tricia Black, die sich vor dem Capitol befindet, das heute Vormittag evakuiert wurde. Tricia, was ist das Neueste, was Sie berichten können?"*

Der Bildschirm veränderte sich und eine Frau erschien vor dem Capitol. Hinter ihr waren Sicherheitskräfte vor dem Gebäude stationiert.

„Ja, Caroline, heute wurde das Capitol evakuiert, nachdem das Bombenkommando gerufen worden war. Einzelheiten sind unklar, aber

mehrere Mitarbeiter, mit denen ich gesprochen habe, behaupteten, dass auf der Repräsentantenseite des Capitols eine Bombe gefunden worden wäre. Während Sanitäter vor Ort gerufen wurden, wurden außer leichten Schürfwunden, die durch Stolpern und Stürze von Personen während der Evakuierung verursacht wurden, keine Verletzungen gemeldet. Derzeit gibt es keine Angaben darüber, wer das Ziel dieser Bombe war, die erfolgreich entschärft wurde. Wieder zurück an Sie, Caroline."

„*Danke, Tricia.*" Der Bildschirm füllte sich wieder mit der Nachrichtensprecherin. „*Wir werden die Entwicklung dieser Vorfälle verfolgen. Weitere Nachrichten aus politischen Kreisen ...*" Ein Bild von Senator Johnson erschien in der oberen linken Ecke des Bildschirms. „*Senator James Johnson, der Juniorsenator von Idaho, der erst vor einem Monat zum Nachfolger seines Vaters ernannt wurde, hat einen schweren Schlaganfall erlitten. Ein Nachbar in seinem Wohngebäude hier in D.C. hatte bemerkt, dass Wasser durch die Decke tropfte, und die Verwaltungsgesellschaft alarmiert. Senator Johnson wurde auf dem Boden seines Badezimmers gefunden, wo seine Badewanne überlief. Offenbar war er nach der Evakuierung des Capitols nach Hause zurückgekehrt und erlitt in seiner Wohnung einen Schlaganfall, als er gerade ein Bad vorbereitete. Er wurde in das George Washington University Hospital transportiert, aber laut Aussage des behandelnden Arztes befindet sich der Senator im Wachkoma ...*"

Ace drehte die Lautstärke herunter. „Es ist vollbracht. Sie haben es uns abgekauft. Natürlich wird es Ermittlungen geben, aber die Wahrheit werden sie nie wirklich herausfinden." Dann gab er Fox und Yankee ein Zeichen. „Die Explosion von Bancrofts Haus hat es nicht einmal in die Nachrichten geschafft."

Fox grinste. „Ich nehme das nicht persönlich. Es gab zu viele andere Nachrichten."

Yankee zuckte mit den Schultern. „Ich will auch keine Trophäe."

„Ist es wirklich vorbei?", fragte Phoebe, ihr neugeborenes Baby im Arm.

Ace legte seinen Arm um die beiden und küsste Phoebe auf die Stirn. „Ja, Baby. Es ist endlich vorbei."

„Was passiert jetzt?", fragte Dylan.

Ace grinste. „Zunächst einmal werde ich aus Phoebe eine anständige Frau machen und ihr seid alle zur Hochzeit eingeladen."

Klatschen und Jubeln erfüllte die Küche.

„Ich möchte euch allen für all die Opfer danken, die ihr erbracht habt, für die Risiken, die ihr eingegangen seid, für eure Freundschaft", sagte Ace, während ein feuchter Glanz seine Iris bedeckte, „für eure Loyalität und eure Hartnäckigkeit, dies durchzuziehen. Und dafür, dass ihr mir geholfen habt, meinem Vater Gerechtigkeit widerfahren zu lassen." Ace hob sein Glas. „Auf Henry Sheppard, der uns zusammengebracht hat."

„Auf Henry Sheppard", riefen alle und hoben ihr Glas.

Während sie alle – außer Phoebe – tranken, lächelte Zara Dylan an, und er beugte sich zu ihr und küsste sie. Aus dem Augenwinkel sah sie, wie sich auch die anderen Paare umarmten und küssten. Sie hatten viel länger als sie selbst so viel von ihrem Privatleben geopfert. Zara konnte sie Pläne für die Zukunft schmieden hören.

„Ich muss mir einen Job suchen", sagte Yankee.

„Ich auch", fügte Tiger hinzu. „Ich bin mir nicht sicher, was ich mit meinen Qualifikationen als ehemaliger CIA-Agent und Yogalehrer erreichen kann. Irgendwelche Vorschläge?"

„Ich bin sicher, dass unsere Fähigkeiten in vielen Berufen von Nutzen sind ...", sinnierte Dylan. „Risikomanagement? Private Ermittlungen?" Er zuckte mit den Schultern. „Ich weiß es nicht." Er deutete zu Ace. „Vielleicht möchte Ace ein Unternehmen gründen, in dem wir alle unsere präkognitiven Fähigkeiten einsetzen können ..."

Alle lachten.

„Ich glaube, das Erste, was ich tun werde", kündigte Ace an, „ist, einen langen Urlaub mit den beiden Menschen zu verbringen, die ich am meisten liebe." Er lächelte Phoebe und seinen Sohn an, bevor er wieder die Versammelten anschaute. „Wir werden später sehen, wie es weitergeht. Ich muss zuerst überlegen, was ich wirklich in diesem Leben will, jetzt, wo ich wieder eine Wahl habe."

Bei diesen Worten blickte Zara Dylan in die Augen. Auch sie hatten eine Wahl. Eine davon war einfach, zumindest für sie. „Ich glaube, wir können jetzt wieder in meine Wohnung ziehen, nicht wahr?"

Dylan nickte. „Du willst, dass ich bei dir einziehe?"

„Willst du das nicht?"

„Doch." Er zog sie in seine Arme und küsste sie sanft.

29

Dylan kramte in seinen zwei Reisetaschen, die neben dem Schrank in Zaras Schlafzimmer standen, bis er gefunden hatte, wonach er suchte. Sein linker Arm schmerzte immer noch höllisch und es würde ein paar Wochen dauern, bis er vollständig verheilt war, aber Lilly hatte ihm Schmerzmittel dafür gegeben, wofür er dankbar war.

„Ich habe nichts Essbares im Kühlschrank", rief Zara vom Flur aus.

Sie hatten Aces Villa erst eine Stunde zuvor mit dem Versprechen verlassen, in Kontakt zu bleiben, ein Versprechen, das Dylan halten würde. Die anderen vier ehemaligen Stargate-Agenten waren jetzt wie Brüder für ihn.

Zara steckte den Kopf ins Schlafzimmer. „Pack später aus. Lass uns etwas essen gehen."

Dylan drehte sich um und stand auf. Der Gegenstand, nach dem er gesucht hatte, war nun in seiner rechten Hand verborgen. Er lächelte Zara an. „Ich muss nur noch eine Sache erledigen, bevor wir gehen können."

Er bedeutete ihr, näher zu kommen. Mit gerunzelter Stirn näherte sich Zara. „Was denn?"

„Was ich vor vier Jahren schon hätte tun sollen." Er öffnete seine Handfläche und enthüllte den Diamantring, den er vier Jahre lang bei sich getragen hatte. „Willst du mich heiraten, Zara?"

Zara schlug sich beide Hände auf den Mund. „Oh Gott!" Tränen stiegen ihr in die Augen.

„Hast du wirklich geglaubt, ich würde einfach bei dir einziehen, ohne mich voll und ganz an dich zu binden?" Er schüttelte den Kopf. „Ich war ein Narr, dich damals zu verlassen."

„Dylan, ich weiß nicht, was ich sagen soll ..." Sie griff nach ihm.

„Es ist einfach. Sag ja." Er nahm ihre Hand und steckte den Ring an ihren Finger.

Eine Träne löste sich aus einem Auge und lief über ihre Wange. „Ja, Dylan, ja."

Er ließ sie mit einem Kuss verstummen und zog sie an sich. Als sie ihren Körper an seinen drückte, durchzuckte ein Schmerz seinen Oberarm, und er zuckte zusammen und wich etwas zurück.

„Es tut mir so leid, Dylan", sagte sie. „Ich hätte dich nicht so fest umarmen sollen."

Er schmunzelte trotz des Schmerzes. „Du kannst mich so fest umarmen, wie du willst." Er legte seinen rechten Arm um ihre Taille und neigte seinen Kopf wieder zu ihrem. „Hast du großen Hunger?"

In ihren Augen flackerte Verlangen auf. „Ich werde es überleben, wenn wir nicht sofort zum Essen gehen."

„Gut. Ich hatte gehofft, dass du das sagen würdest. Denn ich möchte jetzt mit dir schlafen."

„Was ist mit deiner Verletzung?"

„Vergiss meinen Arm. Mein Schwanz ist dadurch nicht beeinträchtigt."

Zara ließ ihre Hand über die Beule in seiner Hose gleiten. „Ja, das kann ich spüren. Wie wäre es, wenn ich dir beim Ausziehen helfe?"

„Das würde ich sehr zu schätzen wissen."

Zara zog ihn so fachmännisch aus, wie es mit seinem Arm in der Schlinge möglich war. Er hatte keine andere Wahl, als seinen linken Arm herauszuziehen, damit er nicht im Weg war. Er ließ sich auf dem

Bett nieder, während Zara Schicht für Schicht ihrer eigenen Kleidung auszog und ihm einen Striptease gönnte, der seinen Schwanz noch härter machte. Und noch ungeduldiger.

„Jetzt neckst du mich nur", sagte er mit einem Grinsen.

„Das ist auch meine Absicht", gestand sie und näherte sich dem Bett.

Sie ließ ihren Blick über ihn schweifen und leckte sich die Lippen, bevor sie sich auf das Bett niederließ und seine Schenkel auseinander drückte, um dort Platz für sich zu schaffen.

„Fuck!"

Zara begrüßte seinen Fluch mit einem Grinsen. „Ich dachte, ich pflege dich wieder gesund ..."

Sie leckte mit ihrer Zunge über die Spitze seiner Erektion und schickte einen Blitz durch seinen Körper, der einem elektrischen Schlag ähnelte. Ein weiterer Fluch rollte über seine Lippen.

„Fuck, Baby! Du wirst mich umbringen!"

„Das bezweifle ich", murmelte sie. „Ich erinnere mich nur allzu gut daran, wie sehr es dir immer gefallen hat, wenn ich deinen großen Schwanz in meinen Mund genommen habe."

Sie hatte die Kühnheit, ihn mit unschuldigem Blick und schmollendem Mund anzusehen.

Er setzte sich auf und legte seine Hand auf ihren Nacken, wodurch sie ihren Kopf hob. „Verdammt, Zara, quäle mich nicht." Er küsste sie innig, bevor er ihre Lippen wieder freigab.

Zara drückte ihn zurück aufs Bett. „Jetzt sei brav und lass mich dich lutschen."

Eine Sekunde später umschlossen Zaras Lippen die Spitze seines Schwanzes und sie nahm ihn tief in ihren Mund. Bei dem verlockenden Gefühl nasser Hitze, die seinen Schwanz umhüllte, lief ihm ein Schauer über den Rücken und ein Stöhnen löste sich von seinen Lippen. Er war im Paradies. Alle anderen Gedanken und Sorgen, sogar der Schmerz seiner Verletzung verschwanden, und was blieb, war das Wissen, dass Zara ihn immer noch so liebte wie vor vier Jahren. Er wusste nicht, warum er so viel Glück hatte, sie wieder in seinem Leben zu haben, aber er stellte es nicht weiter in Frage. Sie gehörten zusammen.

„Ich liebe dich, Zara", murmelte er und griff nach ihrem Gesicht, was sie dazu brachte, den Kopf zu heben. Sein Schwanz glitt aus ihrem Mund. „Reite mich, Baby."

Sie bestieg ihn und spießte sich auf seiner Erektion auf. „Ich liebe dich, Dylan."

Sie begann, ihn so zu reiten, wie er es in Erinnerung hatte, zuerst langsam in einem gemessenen Tempo, dann schneller und härter.

Er zog ihr Gesicht zu seinem. „Diesmal ist es für immer."

Als er ihre Lippen in einem leidenschaftlichen Kuss nahm, konnte er es endlich sehen: die Zukunft, die sie haben würden. Ein Leben voller Liebe, Freude und Lachen. Das Leben, das sie verdient hatten.

ÜBER DIE AUTORIN

Tina Folsom ist gebürtige Deutsche und lebt schon seit über 25 Jahren im englischsprachigen Ausland, seit 2001 in Kalifornien, wo sie mit einem Amerikaner verheiratet ist.

Mittlerweile hat sie 50 Bücher in Englisch sowie Dutzende in anderen Sprachen herausgegeben.

Tinas deutscher Onlineshop:
https://payhip.com/TinaFolsomShop

https://tinawritesromance.com/deutscheleser/
tina@tinawritesromance.com

facebook.com/TinaFolsomFans

instagram.com/authortinafolsom

youtube.com/TinaFolsomAuthor

www.ingramcontent.com/pod-product-compliance
Lightning Source LLC
Chambersburg PA
CBHW030142010826
48973CB00002B/679